Giulia Becker

Wenn ich nicht Urlaub mache, macht es jemand anderes

ROWOHLT HUNDERT AUGEN

3. Auflage Dezember 2024
Originalausgabe
Veröffentlicht im Rowohlt Verlag, Hamburg,
Dezember 2024

Gestaltung Julia Schrader
Satz aus der Lyon Text Cyr
bei Pinkuin Satz und Datentechnik, Berlin
Druck und Bindung CPI books GmbH, Leck
ISBN 978-3-498-00203-9

FSC
www.fsc.org
MIX
Papier | Fördert
gute Waldnutzung
FSC® C083411

Giulia kann anschaulich und klar erzählen.
Sie kann das Erzählte auch in folgerichtigen,
klaren Sätzen ausformulieren und aufschreiben.

(Zeugnis Klasse 2a, 1998)

Tod

DREI DINGE hat mich das Leben gelehrt: Zweifeln heißt Nein, die reichsten Leute haben die kleinsten Geldbeutel, und Blut sollte man immer mit kaltem Wasser auswaschen. Ansonsten bin ich relativ ahnungslos. Mir ist schleierhaft, warum ich existiere, aber ich finde es großartig, dass die Zeitspanne meiner Existenz mit der von kabellosen Staubsaugern und Brause-Ufos überlappt. Und Adam Driver!

Falls ich reinkarniert sein sollte, muss ich in meinem früheren Leben irgendetwas richtig gemacht haben. Nichts Weltbewegendes, *so* toll ist mein Leben jetzt auch nicht. Mein Zahnarzt verdient ein Vermögen an mir, und morgens sieht mein Gesicht aus, als hätte es jemand mit der linken Hand gezeichnet. Ich habe in meinem früheren Leben sicherlich kein Kleinkind vor dem Ertrinken gerettet oder das Penicillin entdeckt. Vielleicht habe ich im Zugabteil nur Geruchloses gegessen oder an der Supermarktkasse immer passend gezahlt. Das gibt zwar nicht übermäßig viele Karmapunkte, aber Kleinvieh macht ja bekanntlich auch Mist. So konnte ich mir wahrscheinlich über die Jahre ein solides Karma-Knax-Sparbuch aufbauen, gerade so viel, dass ich in meinem aktuellen Leben einhändig Fahrrad fahren kann und mir offene Sandalen stehen. Ich bin zufrieden.

Dem Tod stehe ich mit einer gesunden Gleichgültigkeit gegenüber. Am Ende des Tages sind wir nicht mehr als ein siedender Wassertropfen auf dem Ceranfeld des Universums, eine kosmische Anomalie, flüchtige Materie, die atmet, heiß duscht und in unregelmäßigen Abständen Minigolf spielt. Wir sind da, bis wir es nicht mehr sind. Diese Tatsache wird nie aufhören, sich für mich tröstlich anzufühlen.

Ich habe mir schon oft vorgestellt, wie es wäre, ewig zu leben. Ich hätte genug Zeit, *alle* Menschen auf der Welt kennenzulernen. Das wären fast acht Milliarden Gespräche, also mindestens sechs Milliarden unbeholfene Verabschiedungen, unsicher, ob man sich die Hand geben soll oder nicht. Das wäre wirklich unangenehm, andererseits käme ich in den Genuss einer unglaublichen Bandbreite an Geschichten und Inspiration. Ich könnte *endlich* mal mit einem echten Königskrabbenfischer aus dem Nordwesten der USA sprechen und ihn fragen, ob sein Job *wirklich* der gefährlichste des Landes ist oder ob sie nur so tun, weil ja eh niemand dabei ist, der es überprüfen kann. Ich würde definitiv alle Sprachen lernen, die es gibt, damit ich überall auf der Welt problemlos alle Unterhaltungen belauschen kann. Auch Latein. (Falls ich mal jemanden im Vatikan belauschen will. Ehrlich gesagt, will ich das aber lieber nicht.) Vielleicht würde ich auch das ein oder andere Experiment wagen, zum Beispiel eine einzelne Haarsträhne achthundert Jahre lang wachsen lassen oder einen Hermannteig ansetzen, den ich so lange füttern, teilen und verschenken würde, bis ein Ableger bei Taylor Swift ankommt. Meine Hoffnung ist, dass sie den Hermann dann vielleicht in einem ihrer Songtexte erwähnt. Wenn wir ewig leben, ist die Chance auch gar nicht mal so gering, dass das passiert, denn wenn Taylor Swift trotzdem weiter in ihrem Tempo Alben rausballern würde, dann würden ihr spätestens nach ein paar hundert Jahren die Themen ausgehen. Da wird mein Hermann-Sauerteigansatz wie gerufen kommen.

Ich würde jeden Tag einen Cent zur Seite legen, sodass ich nach hundert Millionen Tagen Millionärin wäre, ohne mich dafür angestrengt zu haben. Mit dem Geld würde ich die Entwicklung eines Fußnagelschneideroboters in Auftrag geben, denn ich habe echt keinen Bock, mir unendlich oft die Fußnägel zu schneiden. Niemand würde sich noch «bis dass der Tod uns scheidet» trauen lassen, sondern nur noch «bis ich deine Visage nicht mehr ertrage» – ein begrüßenswerter Fortschritt. Auch Silvester würde endlich keine Rolle mehr spielen, denn ob jetzt ein einziges lächerliches Jahr vorbeigegangen ist oder nicht, wäre allen komplett egal. Man würde sich darauf einigen, nur noch die Jahrtausendwechsel zu feiern, aber dann richtig, und alle dürfen böllern. Auch die Hunde. Denn die leben jetzt ja auch ewig und kennen deswegen keine Todesangst mehr.

So gern ich auch mal mit einem Chow-Chow ordentlich was wegböllern würde, die Vorstellung eines endlosen Lebens ist unterm Strich leider doch nicht sehr vielversprechend. Die ganze Scheiße mit der Steuererklärung würde einfach weitergehen, für *immer*. Ebenso die *Fast-and-Furious*-Filme und das Problem mit den Haaren im Duschabfluss. Leonardo DiCaprio würde irgendwann fünf Milliarden Jahre alt sein und seine Freundin trotzdem vierundzwanzig. Alle würden in der permanenten Angst leben, in eine Straftat verwickelt und zu lebenslanger Haft verurteilt zu werden, denn das wäre dann *echt* lang.

Irgendwann wäre alles langweilig, keine Träume mehr, keine Vorfreude, keine ersten Male. Wir hätten alles gelebt, gelernt, gegessen. Alle würden nur noch ziellos in der Gegend irrlichtern, Sauce hollandaise direkt aus dem Tetrapak trinken und sich insgeheim wünschen, die Welt würde endlich als Feuerball verglühen. Ich habe das schon sehr früh verstanden: Der Tod ist auf unserer Seite. Aber am Timing könnte er trotzdem feilen. Ich finde, 83,2 Jahre Durchschnittsdauer für ein menschliches Leben sind ein schlechter Scherz. Es gibt im tibetanischen Hochplateau ein Laubmoos, das 165 Millionen Jahre alt ist. Und das hat *rein gar nichts* zu tun, nicht ein einziges Hobby. Wir dagegen sollen innerhalb kürzester Zeit die ganze Welt bereisen, Kinder kriegen, vierzig Stunden die Woche ackern und eine authentische Bolognese kochen. (Mit Soffritto!)

Ich finde, dreihundert Jahre wären ein guter Kompromiss. Das wäre genug Zeit, um fünf bis zehn Instrumente zu lernen und eine Eiche zu pflanzen und komplett aufwachsen zu sehen, aber noch nicht so viel Zeit, dass man aus Verzweiflung alle Folgen *Two and a Half Men* guckt. Wir könnten Käse länger reifen lassen, unglaublich viele Paybackpunkte sammeln und massenhaft Kinder bekommen, die fünfzehn Jahre lang in der Pubertät wären und mit sechzig ausziehen. Gut, wenn ich die Idee beim Universum pitchen müsste, würde ich das mit den Kindern vielleicht weglassen.

Fakt ist, das Leben ist zu kurz, und das lässt sich nicht ändern. Mir ist das mit zwölf Jahren klar geworden, als ich dem Tod knapp von der Schippe gesprungen bin. In einer anmutigen Bewegung wollte ich damals von einer Picknickdecke aufstehen und habe mich dabei mit dem linken Handgelenk unwissentlich auf einer Wespe abgestützt. Newsflash: Wespen sind gar nicht mal so große Fans davon, wenn man sich mit vollem Körpergewicht auf ihnen abstützt. Das Vieh hat mir dermaßen seinen Stachel ins Handgelenk gedrückt, dass er noch eine halbe Stunde später da drinsteckte und ich geheult habe wie ein Baby, als meine Schwester mir das Biest mit einer in Wodka getränkten Pinzette entfernt hat.

Am nächsten Tag saß ich so benommen im Biologieunterricht, dass meine Lehrerin mir besorgt die Stirn betastet und sofort hohes Fieber attestiert hat. Ich murmelte etwas von «Scheißwespeaua», und Darwin sei Dank hatte die Frau Biologie studiert. Sie schaute sich meinen Arm an und stellte sofort den Zusammenhang her. Ich musste auf der Stelle ins Krankenhaus, denn mein Oberarm war bis zur Mitte feuerrot angelaufen, und plötzlich waren alle seltsam alarmiert. Ich weiß noch, dass ich mich innerlich gefreut habe, nicht mehr in der Schule zu sein, weil ich die Bio-Hausaufgaben nicht gemacht hatte. Yep, den Stich hatte ich definitiv verdient. Als der Arzt mir erklärte, dass die Wespe mich wohl in die Hauptschlagader gestochen und ich eine Blutvergiftung hätte, war ich gleichermaßen überrascht und fasziniert. Als er dann noch hinzufügte, dass ich tot wäre, wenn ich nur wenig später gekommen wäre, war ich fassungslos. Ich, tot? Ich bin *zwölf*. Es hätte so dermaßen zu mir gepasst, mit zwölf bei einem Picknick zu sterben. Ein junger Heldinnentod. Seit diesem Tag bin ich mir bewusst, dass ich jederzeit sterben kann, mit zwölf, mit fünfunddreißig, während eines Picknicks, beim Rückwärtseinparken oder dem Versuch, den letzten Pringle aus der Dose zu fischen. Es liegt nicht in meiner Hand. Sondern in der von Wespen, Automobilherstellern und spitzen Gegenständen. Die Art und Weise, wie ich gerne von dieser Welt scheiden würde, hat am Ende wahrscheinlich rein gar nichts damit zu tun, wie ich tatsächlich versterbe. Dazu ein kurzer Überblick.

Wie ich gerne sterben würde:

- Totlachen, weil im Supermarkt ein Hund in Sandalen den Moonwalk macht
- Herzinfarkt, als mein Verlag mir mitteilt, wie unglaublich oft mein neues Buch verkauft wurde
- Friedlich auf der Couch einschlafen, während «Die Reise der Pinguine» im Fernsehen läuft
- An einem belebten Flughafen eine Bombe entschärfen, danach bei einer Gruppenumarmung von der dankbaren Menge mit Liebe erdrückt werden

Wie ich wahrscheinlich sterben werde:

- Während eines Pranks, bei dem ich meinen Tod nur vortäuschen wollte

- Beim Stagediving bei einer Lesung im Autokino
- Beim Aufstellen eines «ACHTUNG, Rutschgefahr!»-Schildes ausrutschen
- An Karneval im Camouflageanzug verkleidet von einem Bus übersehen werden
- Bei einer zehntägigen Geiselnahme in einer Tankstelle verdursten, weil ich mich weigere, Eistee mit Kohlensäure zu trinken
- Bei *Wer wird Millionär?* vom Stuhl fallen und ungünstig mit dem Kopf auf dem Display aufschlagen – noch vor der 2000-Euro-Frage

Die Erkenntnis, dass ich es eh nicht in der Hand habe, lässt mich leichtfüßiger durchs Leben gehen. Natürlich, ich versuche mich nur noch selten auf Insekten abzustützen, die mit ihrem spitzen Stachel Gift in meine Blutlaufbahn absondern, aber ansonsten lasse ich das Leben größtenteils geschehen. Ich genieße es in vollen Zügen, und damit meine ich, dass ich besonders wohlig gluckse, wenn ich auf der Couch sitze. Eine eigene Couch in einem warmen, wespenfreien Zimmer, wie geil kann das Leben denn bitte noch werden?

Ich brauche keinen Bungeesprung von einer klapprigen Fußgängerbrücke im Grand Canyon, um mich lebendig zu fühlen. Was ich brauche, ist ein geladener E-Reader, Hosen mit hohem Stretchanteil und angenehme 23 Grad Zimmertemperatur. Das ist für mich das pure Leben, Wonne, Wirksamkeit. Ich habe noch nie verstanden, wieso Menschen ein Vermögen für die Miete ihrer Wohnung zahlen, wenn sie sie kaum nutzen. Wer bucht ein schweineteures Hotel und verbringt dann den ganzen Tag draußen? Das ist ignorant und ergibt keinen Sinn.

Ich habe vor, jeden Cent meiner Miete auszukosten, bis zum letzten Quadratzentimeter. Manchmal lege ich mich im Flur auf das weiche Klicklaminat in Eichenoptik und streiche über die sauber verlegten Dielen. Es ist pflegeleicht, schmutzabweisend und reduziert Trittschall. Es ist mir wichtig, dass es weiß, wie sehr ich das schätze. Außerdem zahle ich pro Quadratmeter 16,03 Euro Miete. Ich möchte mir nicht vorwerfen lassen müssen, nur auf 60 Prozent der von mir bezahlten Fläche gelegen zu haben. Deswegen liege ich meine Wohnung ein. Man wohnt nur einmal.

Manchmal, wenn ich im Flur liege oder auf den Fliesen unter dem Küchentisch, plane ich in Gedanken meine Beerdigung. Ich liebe es, meine Beerdigung zu planen, wie andere es lieben, ihre Hochzeit zu planen. Im Prinzip ist es ja auch fast das Gleiche, ein paar Leute heulen, und es gibt nicht genug Kuchen für alle. So soll es bei mir aber nicht werden. Ich plane ein rauschendes Fest. Zuerst dachte ich, es sei vermessen zu erwarten, dass meinetwegen alle ihre Termine absagen und sich irgendwo versammeln. Man könnte die Bestattung auch über Zoom abhalten. Die Leute müssten dann nur obenrum Schwarz tragen und könnten untenrum in Unterhose vor dem Computer sitzen. Mein Vater würde es aber wahrscheinlich nicht schaffen, sein Mikrofon stumm zu schalten, und die ganze Trauergesellschaft würde mitbekommen, dass er nebenbei Bundesliga guckt. Bei irgendeiner Cousine würden im Hintergrund Kleinkinder mit Mehl um sich werfen oder stolz ihren Schniedel zeigen, und meine Oma würde mit offenem Mund einschlafen. Nein, das wäre zu schade für ein Online-Meeting, das soll alles in der Öffentlichkeit passieren.

Ich stelle mir meine Beerdigung weniger wie eine bedrückende Versammlung vor, bei der sich traurige Menschen mit Hüten zu trauriger Klaviermusik von Yann Tiersen gegenseitig versichern, dass sie auf jeden Fall traurig sind, sondern mehr wie eine elektrisierende, effektreiche Show, so DJ-Bobo-mäßig. Mit viel Trockeneisnebel und bunten Strobolichtern, die über die Menge fegen. Es gibt einen Mindestverzehr von 50 Euro, und am Eingang bekommt man ein zu enges Festivalbändchen, das niemand wieder abbekommt. Der Hauptsponsor Desperados verteilt an einem Stand Gratis-Tequilabier, und in einer Fotobox kann man sich mit einem lebensgroßen Pappaufsteller von meinem friedlich ruhenden Leichnam in einem Sarg ablichten lassen. Das Foto dafür habe ich allerdings schon zu Lebzeiten schießen lassen, denn ich möchte auf keinen Fall wirklich in einem Sarg beerdigt werden. Meine günstigen Polyesterunterhosen würden sich nämlich nicht von selbst kompostieren, und nach ein paar Jahren würde mein Skelett dann immer noch diese makellose Unterhose mit zu hohem Polyamid-Elasthan-Anteil tragen. Diesen Sieg möchte ich dem hyperkapitalistischen Dumping-Textilmarkt nicht gönnen. Nein, ich will verbrannt werden, und zwar nicht so 0815-mäßig mit *Körper in den Ofen schieben, 1200 Grad Umluft, Asche raus, fertig.* Ich bin doch kein Schlemmerfilet! An meinem Sarg soll eine Zündschnur angebracht werden, und die Person, die am meisten Tequilabier intus hat, darf sie mit einer Art olympischer Fackel entzünden. Sobald die knisternde Feuerspur sich ihren Weg zu meinen menschlichen Überresten bahnt, ertönt eine epische Musik, entweder der Interstellar Soundtrack oder was von Safri Duo, da bin ich noch unentschlossen. Auf gigantischen Bildschirmen wird ein Countdown runtergezählt, daneben werden Fotos eingeblendet von mir und meinen schönsten Momenten zu Lebzeiten: ich mit meinem Hasen Paulchen, ich bei der Überweisung der letzten Studienkreditrate, ich verliebt grinsend auf meinem Klicklaminat. Die Spannung steigt ins Unermessliche, die Zündschnur nähert sich immer mehr dem Kiefernholzsarg auf der Bühne der Messehalle Ost in Köln-Deutz. Alle halten den Atem an, als der Countdown bei 1 ankommt. Die Zündschnur endet auf dem Sargdeckel, der sofort Feuer fängt und zeitgleich mit einem großen Knall aufspringt. Die Menge erschrickt, jemand schreit. Der Sarg ist leer.

Das Feuer erlischt, der Bildschirm wird schwarz, dramatische Stille, dann viel Trockeneisnebel. Plötzlich ist auf dem Screen eine Live-Schalte auf den Parkplatz zu sehen, wo mein *tatsächlicher* Sarg von achtzehn als Pyramide aufeinander formatierten Feuerspuckern gleichzeitig komplett in Brand gesetzt wird. Die Flammen lodern meterhoch, und meine Beerdigungstrauzeugin, also eine enge Freundin, die ich schon Monate im Voraus emotional erpresst habe, damit sie sich für ein Fest finanziell und mental verausgabt, von dem sie selbst absolut keinen Nutzen hat, informiert in dem Moment über ein Mikrofon die Gäste darüber, dass der Sarg aus versicherungstechnischen Gründen nicht im Gebäude selbst verbrannt werden darf. Alle nicken verständnisvoll und schauen fasziniert über den Bildschirm zu, wie meine Gebeine in Flammen aufgehen, zusammen mit meiner Polyester-Unterhose, die wahrscheinlich zu einer giftigen Masse zusammenschmilzt. Das Ganze dauert lange, über anderthalb Stunden, aber die Übertragung endet erst, wenn mein Sarg und ich komplett zu Asche zerfallen sind und einer der Feuerspucker alles penibel mit einem kleinen Akku-Handstaubsauger von Kärcher zusammengesaugt hat und fein säuberlich in die Urne schüttet. Meine Oma ist zu diesem Zeitpunkt definitiv schon mit offenem Mund eingeschlafen.

Die aufwendig handgearbeitete Urne trägt einen Propellerhut aus Keramik und ist mit einem Airbrushmotiv bemalt, das verschiedene Verkehrsknotenpunkte von Köln als malerische Skyline zeigt: Militärring, Äußere Kanalstraße, die Auffahrt der A57 Richtung Krefeld. Sie wird von Kölns Oberbürgermeisterin Henriette Reker persönlich in die Halle und auf die Bühne getragen. Henriette Reker hat keine Ahnung, wer ich bin, aber ich habe sie durch meine Beerdigungstrauzeugin davon in Kenntnis setzen lassen, dass ich eine sehr wichtige Persönlichkeit der Stadt gewesen bin und auch die Presse vor Ort sein wird. Und mit Presse meine ich, dass mein Cousin zweiten Grades gerade ein Praktikum in der Mensa beim *Iserlohner Kreisanzeiger* macht, aber das muss sie nicht erfahren.Ich denke, die Planung meiner Beerdigung ist eins meiner vielversprechenderen Projekte. Je länger ich unter dem Küchentisch liege und daran denke, wie Kölns Oberbürgermeisterin meine noch warme Urne zur Musik von Hans Zimmer an meiner schnarchenden Oma vorbei auf eine Showbühne trägt, desto vorfreudiger werde ich. Nur nervig, dass ich es selbst nicht miterleben werde, weil ich dann *tot* bin. Dieses entscheidende Detail habe ich bei der Planung zu sehr außer Acht gelassen. Vielleicht sollte ich mich doch lieber einfach in den Ofen schieben lassen wie eine billige TK-Pizza. Vielleicht sollte ich mich auch gar nicht so oft mit dem Tod, mit dem *Danach* beschäftigen. Es ist klug, sich hin und wieder mit der eigenen Endlichkeit auseinanderzusetzen. Denn es stimmt, eines Tages werden wir alle sterben. Aber die *Peanuts* haben dazu mal das Allerrichtigste gesagt: an allen anderen Tagen nicht.

Flohmarkt

ICH HABE ein Konsumproblem. Ich kaufe, um zu vergessen, und dann vergesse ich, dass ich gekauft habe. Das ist mein *circle of life*, dazu stehe ich. Mein Kauf-Ich hat mit meinem Alltags-Ich wenig gemein. Würden die beiden sich auf der Straße begegnen, würden sie sich wohlwollend ignorieren. Mein Kauf-Ich hätte aber definitiv die geileren Schuhe an.

Ein großes Problem, das mich in sämtlichen Bereichen meines Lebens schon lange begleitet: Wenn ich Dinge nicht sehe, vergesse ich, dass sie existieren. Mein Pürierstab, mein Fahrradhelm, mein Ex-Freund, als er mal für eine Woche nach Dänemark gefahren ist. Ich kann mich plötzlich nicht mehr an sie erinnern und denke dann im nächsten Moment: «Och, da könntest du mal einen neuen gebrauchen!» Infolgedessen habe ich mehrere Pürierstäbe, Fahrradhelme und Ex-Freunde.

Das Spannbettlaken, das in der untersten Schublade des Kleiderschranks liegt, habe ich schon sechzehn Mal gekauft. Ich nehme das durchaus zur Kenntnis, dass der Vorrat an Spannbettlaken scheinbar unerschöpflich ist, egal, wie oft ich das Bett neu beziehe, es ist immer ein nagelneues, noch eingeschweißtes Spannbettlaken da. Ich denke halt, dass man Dinge, die gut laufen, nicht hinterfragen sollte, denn sonst könnten sie einem genommen werden. Also lebe ich weiter und freue mich über das unendliche Spannbettlaken und danke Gott, Vishnu und dem rückläufigen Merkur, dass sie mich so reich beschenkt haben.

Ungefähr alle drei bis vier Jahre gibt es dann aber leider ein logistisches Problem. Die räumlichen Gegebenheiten meiner Wohnung kollidieren mit dem Volumen meiner Einkäufe in Kubikmeter, heißt: Die ganze Bude ist gerammelt voll mit Plunder, und zwar nicht das Gebäck aus Hefe und Butter, leider, sondern Gerümpel, Kram, unnütze Dinge, Ramsch. Nicht falsch verstehen: Ich liebe Ramsch, ich liebe diese Dinge, ich hätte gern mehr Platz, um ihnen ein Museum zu sein. Der Tand macht mich aus, er bildet mich ab, und er bringt Stimmung und Atmosphäre in meine kahle Mietwohnung. Aber spätestens wenn das Amt für Umwelt und Stadtgrün anruft, weil auf dem Balkon ein seltener Schwarm Buntfuß-Sturmschwalben nistet, und zwar in einer Art baumhohem Turm aus Pappkartons, sollte man die Notbremse ziehen. Das sei generell eher unüblich, das müssten schon enorm große Mengen Kartonage sein, außerdem hätten die Vögel wohl die Orientierung verloren aufgrund von diffusen, bunten Lichtkegeln und Niedrigfrequenztönen, die immer nachts auftreten und von einer Art Karaoke-Mikrofon mit dynamischer Lichtanlage ausgehen.

So kommt es, dass ich alle Jubeljahre beschließe, radikal auszumisten. Heutzutage ist es kinderleicht, Anleitungen zum richtigen Ausmisten zu finden. Aufräumen ist Trend. Es ist zum Beispiel angesagt, Nudeln und Reis aus den Plastikverpackungen in Aufbewahrungsgläser mit Holzdeckel umzuschütten und das dann *Minimalismus* oder *Upcycling* zu nennen. Ich habe nicht viel übrig für diesen performativen Lebensstil, aber wenn es einen soliden Grund gibt, mir ein Etikettiergerät zu kaufen, dann bin ich dabei.

Ich habe schnell gelernt, dass Schritt 1 des Ausmistens immer *Shoppen* ist. Ja, richtig gehört. Es klingt paradox, aber wir wissen alle, dass Dinge, die sich eigentlich widersprechen, unterm Strich doch oft Sinn ergeben. Ich denke da an Pizza Hawaii oder die Tatsache, dass der Vater von Fernsehferkel *Peppa Wutz* in Staffel 3, Episode 13 zum Grillabend keine Würstchen oder Nackensteaks mitbringt, sondern nur Gemüse und Fisch. Wenn ich also Dinge kaufen kann, die mir das Aus- und Umsortieren erleichtern sollen, kann ich mich für das ganze Prozedere plötzlich begeistern. Ein neues Konsumfeld wird dann in meinem Stammhirn freigeschaltet.

Ich kaufe Vakuumierbeutel, in denen man seine Kleider ganz einfach mithilfe eines handelsüblichen Staubsaugers einmotten kann. Danach kaufe ich einen handelsüblichen Staubsauger, weil der alte «nicht mehr so viel Zug hat», seit ich ihn benutzt habe, um damit das Innenleben meines Staubsaugerroboters zu reinigen. Passend dazu brauche ich eine Wandhalterung für den neuen Staubsauger, die ich nur mit einem neuen Akkuschrauber anbringen kann. Dass ich schon einen besitze, habe ich längst vergessen, weil sich der alte Akkuschrauber im Keller ungünstig hinter dem aufblasbaren Saxofon (Karneval 2015) und dem Profi-Stech-Spaten (kleinere kriminelle Handlung 2018) verkeilt hat.

Ausmisten zieht einen Rattenschwanz an Arbeit nach sich. Es ist ein Knochenjob, man muss an so viel denken. Schritt 1 hat mich zu diesem Zeitpunkt schon so ausgelaugt, dass ich mich erst mal erschöpft zwischen meine zwei Eiswürfelmaschinen und die Sammlung seltener Filzgleiter aus aller Welt legen und schlafen muss. Dort bleibe ich mehrere Stunden, vielleicht auch Tage liegen, bis ich mein Telefon nicht mehr ignorieren kann, das lästigerweise dauerklingelt, weil sich einige Freundinnen in regelmäßigen Abständen bei mir versichern wollen, dass ich nicht tot bin, sondern weiterhin nur ein Drinnie. Ich sage dann: «Mir geht es gut. Ich bin nur beim Ausmisten eingeschlafen», und bereue das sofort, denn meine Freundinnen sind allesamt *Flohmarktpersonen.*

«Du hast ausgemistet? Dann komm doch am Samstag mit auf den Flohmarkt!»

Andauernd wollen sie mich missionieren, auf öffentlichen Plätzen anderen Menschen meinen Schrott zu verkaufen. Das würde richtig Spaß machen, ein tolles Happening, wie ein großes Familienfest, und danach hätte ich auch endlich wieder Platz in der Garage. Ja, denke ich, hässliches Geschirr, kritische alte Damen, die meine Kleider beäugen, und eine beschissene Parksituation, das klingt wirklich nach einem Familienfest. Andererseits: Ich bekäme Geld dafür, dass ich stundenlang in einer bequemen Hose in einem Campingstuhl sitze. Ich gebe der Sache also eine Chance.

Eine meiner schlechteren Ideen. Schon beim Aufbau, Samstagmorgen vier Uhr dreißig unter der Autobahnbrücke, merke ich, dass ich – wohlwollend formuliert – *untervorbereitet* bin. Die Flohmarkt-Freaks um mich herum bauen komplette Schwerlast-Kleiderstangen mit verstärkten Rollen auf, sie haben die Kleidung sorgfältig in modischen Kisten nach Farben und Größen sortiert. Liebevoll selbst gestaltete Preisschilder hängen an frisch gebügelten Zweiteilern, kleine Schälchen mit kostenlosen Kirschbonbons stehen für die Kundschaft bereit.

Erhan vom Stand neben mir hat sogar eine vollautomatische Kaffeemaschine installiert, angeschlossen an einen 1900-Watt-Stromgenerator. Außerdem bietet er kontaktlose Zahlung per App oder Kreditkarte an. Bei mir hat es nicht mal für einen Tisch gereicht. Ich habe die Sachen einfach in einen großen blauen Sack geschmissen und mit Edding «Wer suchet, der findet» draufgeschrieben. Ist mir im Nachhinein jetzt auch peinlich.

Einige der Flohmarkt-Ultras sind sogar von weit her angereist, sie fahren durch das ganze Land mit ihrem Trödel. So zum Beispiel auch der langhaarige Thorsten. Er parkt seinen bis unters Dach vollgepackten VW T4 Westfalia direkt hinter mir und berichtet stolz, dass er aus Franken kommt. Es rattert in meinem Kopf. Ganz Bayern hatte also kein Interesse an Thorstens antikem Teeservice. Dann ganz Baden-Württemberg. Dann ganz Hessen. Und jetzt versucht er es in NRW. Allein die Spritkosten sind so enorm hoch, mit dem Geld hätte er sich eine Zeitmaschine kaufen können, die ihn ins 17. Jahrhundert transportiert, als es noch Menschen gab, die diese Tassen kaufen würden.

Ich nehme mir vor, heute gedanklich keine Einnahmen-Überschuss-Rechnungen für Trödelhändler mehr zu erstellen. Man muss sich nur drauf einlassen, es geht hier weniger ums Geldverdienen als um den *Vibe.* Wir sind doch alle eins. Wir sind hier eine große Gemeinschaft, die Gemeinschaft der Menschen, die zu viel Müll kaufen. Wir schämen uns nicht, nein, wir treffen uns dreimal im Jahr alle zusammen auf einem riesigen Parkplatz unter der Autobahn und präsentieren unseren Müll stolz allen Menschen, die ihn sehen wollen. Schaut sie euch an, meine Impulskäufe aus der Zeit, in der mein Selbstwertgefühl wegen Online-Dating im Keller war, den Poffertjes-Maker, die sprechende Dino-Spardose, das bauchfreie Top mit dem Strass-Schwan auf der Brust. Flohmarkt ist nichts anderes als eine interaktive Ausstellung. Im Prinzip mache ich Kunst.

Inzwischen bin ich Feuer und Flamme und kann es kaum erwarten, dass die ersten Menschen auftauchen und mir Komplimente für meine Fehlkäufe aussprechen. Gedanklich gehe ich schon verschiedene Szenarien durch: Was ist, wenn sich mehrere Personen für denselben Gegenstand interessieren? Bekommt es dann die Person, die zuerst da war, oder die, die am meisten bietet? Oder etwa die, der es meiner Meinung nach am besten steht? Muss ich Mengenrabatt geben und, wenn ja, wie viel? Was ist, wenn ich schon nach zehn Minuten leergekauft bin, muss ich dann trotzdem die Standmiete für den ganzen Tag zahlen?

Vier Stunden später: Ich habe noch kein einziges Teil verkauft. Eine Krähe ist mit dem Strass-Schwan-Top im

Schnabel Richtung Toilettenwagen geflogen. Ein Kleinkind hat meinen Kleidersack als Mülltüte missinterpretiert und eine halbe Bratwurst im Brötchen darin entsorgt. Eine absolute Nullnummer. Flohmarkt ist eine Riesenscheiße. Gut, ich könnte auch mal aus dem Auto aussteigen und mich in die Nähe meiner Sachen stellen, das würde vielleicht helfen. Die Noise-Cancelling-Kopfhörer und die weit über den Kopf gezogene Hoodie-Kapuze waren jetzt sicher auch kein Kundenmagnet. Aber es ist auch echt kalt. Und Verkaufen mag ich auch nicht. Und Menschen.

Ich bin schon dabei, die Segel zu streichen, entsorge angewidert das Wurstbrötchen aus meinem Trödelsack und verabschiede mich mit einem kurzen, schambehafteten Winken von Erhan. Er will mir zurückwinken, hat aber keine Hand frei, da er mit der linken einen großen Schein entgegennimmt und mit der rechten sein vollautomatisches Kassensystem bedient. Für ein herzliches Nicken reicht es trotzdem noch.

Unzufrieden trotte ich zum Kofferraum, den großen, schweren Sack über der Schulter, im gebückten Gang wie Räuber Hotzenplotz nach der Zwangsräumung. Dann schaltet sich Thorsten ein. Wo ich denn hinwolle, ich könne doch nicht jetzt schon abhauen, die Goldgräber kämen doch immer erst kurz vor Schluss. Peinlich berührt, murmele ich etwas von «Schmorgericht im Ofen» und «dringendem Termin beim Straßenverkehrsamt», aber Thorsten lässt das nicht gelten.

«An einem Samstag?», lacht er und bittet mich mit einer einladenden Armbewegung an seinen Antiquitätentisch. «Kannst mich kurz vertreten. Ich muss mal für kleine Rokoko-Kutscher.»

Da stehe ich also, ganz allein, und wache über Thorstens Dachbodenschätze aus sämtlichen Epochen der Menschheitsgeschichte. Cool bleiben, denke ich, jetzt bloß nicht negativ auffallen. Die Kundschaft umringt interessiert die Tische. Neugierige Blicke kreisen um den alten Globus mit integrierter Minibar. Eine Frau reibt jeden Zuckerlöffel einzeln an ihrer Wange, «fürs Gefühl». Ich tue so, als hätte ich das nicht gesehen, damit ich nicht verpflichtet bin, sie zu ermahnen. Mein Gott, Thorsten, bitte komm zurück, denke ich. Dann passiert, was passieren muss. Das, wovor es mir den ganzen Tag schon am meisten graut, mein persönliches Flohmarkt-Armageddon: Jemand möchte etwas kaufen. Ein rüstiger Herr in Lederweste hält mir etwas entgegen, das aussieht wie ein mit Rosen verzierter Nachttopf aus Porzellan, und kläfft unwirsch: «Wie viel?»

Ich schaue verzweifelt Richtung Toilettenwagen, Thorsten ist nirgends in Sicht. Aber ich kann ihn doch jetzt nicht enttäuschen. Er ist extra aus Franken hier hochgefahren! Dieser Nachttopf hat es verdient, mal aus Franken rauszukommen. Und Thorsten hat es verdient, dass ich ihn hier würdig vertrete und mir dieses Geschäft nicht durch die Lappen gehen lasse. Andererseits habe ich keine Ahnung, wie wertvoll dieser Nachttopf ist. Ich kann ja nicht einfach einen Fantasiepreis aufrufen. Das wäre im besten Fall nur peinlich, im schlimmsten Fall auch noch geschäftsschädigend für Thorsten. Nein, das kann ich nicht bringen.

«Zwölf Euro», höre ich mich sagen. Keine Ahnung, wie ich auf zwölf Euro komme. Es gibt so viele Zahlen, und ich entscheide mich ausgerechnet für die Zwölf. Entschlossen blicke ich dem Lederwestenmann in die Augen. Stärke signalisieren. Die Oberhand behalten. Das A und O in Verhandlungsgesprächen. Das habe ich bei *The Wolf of Wall Street* mit Leonardo DiCaprio gelernt. Von dem Lederwestenmann lasse ich mich nicht im Preis drücken. Für Thorsten. Und den fränkischen Nachttopf. Der Käufer zieht die Scheine in einer Geschwindigkeit aus seiner Bauchtasche, die mir im Nachhinein hätte verdächtig vorkommen müssen.

«Stimmt so», sagt er schnell, drückt mir fünfzehn Euro in die Hand und reißt den Nachttopf an sich. Ich habe noch nicht mal Zeit, aus Höflichkeit so zu tun, als würde ich darauf bestehen, ihm Wechselgeld rauszugeben, da ist er schon spurlos verschwunden. Fünfzehn Euro, mehr, als ich wollte, denke ich. Ich kann's noch! Ein sehr gutes Geschäft. Ich komme langsam in Fahrt und finde Gefallen an meiner neuen Rolle als Verkaufsgenie. Gerade will ich anfangen, mit einer jungen Frau um das maritime Ölgemälde zu feilschen, da funkt Thorsten plötzlich dazwischen.

«Hab mich festgequatscht mit Udo vom Silberschmuck. Hier alles im Lot?»

Stolz überreiche ich ihm die fünfzehn Euro.

«Was haste verkauft?», stutzt Thorsten.

«Den Nachttopf mit den Rosen», entgegne ich aufgeregt. Was dann passiert, kann ich jetzt im Nachhinein nicht mehr im Detail rekonstruieren. Nur so viel: Thorsten stieß einen Verzweiflungsschrei aus und erklärte mir, nach Luft ringend, den Unterschied zwischen einem Nachttopf und einer dreihundert Jahre alten Suppenterrine mit seitlichen Rocaille-Handhaben, gedrehtem Volutenknauf und floralem Goldrand aus dem Hause Meissen. Es sind definitiv Tränen geflossen, bei Thorsten und auch bei mir, ein paar Schaulustige haben Videos davon gemacht, wie ich ihn anflehe, sich als Wiedergutmachung eine 7/8-Hose aus meinem Kleidersack auszusuchen. Udo vom Silberschmuck hat sich plötzlich auch noch eingemischt und behauptet, ich würde doch mit dem Suppenterrinennachttopfkäufer aka Lederwestenmann unter einer Decke stecken.

Long story short: Die Polizei hat jetzt meine Personalien und Thorsten mein Auto. Also ja, ich habe endlich wieder Platz in der Garage.

Selbsttest

«BIN ICH EIN POTENZIELLER SERIENMÖRDER?»

BEIM KÜSSEN IST MIR WICHTIG, DASS …

- ☐ Beide die Augen geschlossen haben
- ☐ Nicht zu viel Spucke im Spiel ist
- ☐ Es keine Zeugen gibt

MIT EINEM LOTTOGEWINN VON EINER MILLION WÜRDE ICH …

- ☐ Eine Weltreise machen
- ☐ Den Betrag an die Welthungerhilfe spenden
- ☐ Mein ganzes Haus schalldicht isolieren

NACH EINEM PERFEKTEN ERSTEN DATE ...

- ☐ Frage ich direkt am nächsten Morgen, ob wir uns wiedersehen wollen
- ☐ Lasse ich mein Gegenüber zappeln und warte, bis die Person sich meldet
- ☐ Breche ich meine SIM-Karte in der Mitte durch und spüle sie im Klo runter

DIE PERSON MEINER TRÄUME SOLLTE ...

- ☐ Kinder und Tiere lieben
- ☐ Spontan und lebenslustig sein
- ☐ In meinen Kofferraum passen

ICH VERLASSE DAS HAUS NIE OHNE …

☐ Lipgloss und einen Handspiegel
☐ Ein Foto von meiner Familie
☐ Kabelbinder und Propofol

FÜR EIN PERFEKTES ERSTES DATE ENTFÜHRE ICH MEINEN HERZENSMENSCHEN …

☐ In ein romantisches Restaurant mit Kerzenschein und danach ins Kino
☐ In den botanischen Garten mit Blick auf den See
☐ Dazu möchte ich erst mit einem Anwalt sprechen

MEINE NERVIGSTE MAROTTE IST …

- ☐ Dass ich auf meinen Nägeln kaue, wenn ich nervös bin
- ☐ Dass ich dreckiges Geschirr nicht sofort in die Spülmaschine räume, sondern ins Waschbecken stelle
- ☐ Dass ich menschliche Knochen immer so klein sägen muss, bis sie in ein handelsübliches Einmachglas passen

ICH SCHÄTZE AN MENSCHEN BESONDERS, WENN SIE …

- ☐ Gute Manieren haben
- ☐ Offen für Neues sind
- ☐ Keinen Puls mehr haben

Wandern

WANDERN IST Spazierengehen mit Essen im Rucksack. Das Wandern ist des Müllers Lust? Traurig. Ich hatte ja gehofft, dass das Müllern des Müllers Lust ist. Aber wenn der Müller so unzufrieden mit seinem Job ist, ist es auch kein Wunder, dass er gerne wandert. Beim Wandern findet man entweder sich selbst oder eine Leiche im Gebüsch. Letzteres ist mühsam, man muss dann Polizei und Presse Rede und Antwort stehen, ist «der Wanderer, der die Leiche im Gebüsch entdeckte». Viele wandernde Personen kommen kaum noch zum Wandern wegen der vielen Arbeit, die die ständigen Leichenfunde mit sich bringen.

Es gibt zwei Arten von Wanderern: die mit *Wanderstöcken* und die mit einem letzten Funken *Restwürde.* Die mit den Wanderstöcken haben nie Platz im Auto wegen der Wanderstöcke. Die Stöcke sind immer dabei, sollte sich mittwochnachmittags hinter dem Lidl-Parkplatz spontan eine Gelegenheit ergeben, einen 3000er zu besteigen. Da heißt es dann regelmäßig: «Sorry, wir können leider niemanden mitnehmen zu Stefans Geburtstag, wir haben die Wanderstöcke im Auto.» Die Stöcke dienen bei einer

Wanderung in erster Linie der Abwehr gefährlicher Tiere aus der Bergregion wie dem *Wandergams*, der *Gipfelschnecke* und dem *Goldbären.* Aus anonymen Kreisen in der Wandererszene wird immer wieder behauptet, die Wanderstöcke dienten in Wirklichkeit der Stabilisation der wandernden Person, weil sie sich ohne die Stöcke strampelnd auf den Boden legen, laut weinen und «Ich hasse Wandern, ich will nach Hause!» schreien würde – eine Information, die ich, Stand heute, nicht verifizieren kann.

Insbesondere bei Männern erfreuen sich Wandern und Bergsteigen wachsender Beliebtheit. Eine privat durchgeführte Studie zeigt: Männer lieben es, der Natur ganz nah und den Alimenten ganz fern zu sein. Das Kraxeln in luftiger Höhe vereint für sie das Beste aus allen Welten. Teure Ausrüstung, isotonische Getränke und Ruhe vor der eigenen Familie. Außerdem beschreiben sie das Ankommen auf einem Berggipfel als Moment der Demut, weil ihnen dort oben mit Blick über die Täler die eigene Winzigkeit und Bedeutungslosigkeit bewusst wird. Für mich als Frau reicht dafür ein normaler Mittwoch.

Eine Wanderung läuft in der Regel wie folgt ab:

DIE VORBEREITUNG. Hierfür muss in einem Fachgeschäft in der nächstgelegenen mittelgroßen Stadt Trekkingkleidung im Wert von mehreren hundert Euro angeschafft werden, die im Internet weniger als die Hälfte kostet. Tipp: Die neuen, schweren Wanderschuhe sollten noch zu Hause eingelaufen werden, um sicherzustellen, dass sie schon vor der ersten Wanderung stinken.

Außerdem sollte stets genug Verpflegung eingepackt werden. Pro Kopf kann man da mit gut zwei bis drei Kilo belegten Broten, geschnittenem Obst und Gemüse, Müsliriegeln und Minisalamis rechnen. Das erscheint auf den ersten Blick viel, aber beim Wandern gilt: Wandere immer so, als wäre es die letzte Wanderung deines Lebens. Eine Geröllawine könnte dich jederzeit für mehrere Tage von der Außenwelt abschneiden, und dann bist du froh, wenn du auf die fragenden Rufe des Bergrettungsdienstes «SIND SIE ALLEIN?» mit «NEIN, ICH HABE MEHRERE MINISALAMIS BEI MIR!» antworten kannst.

DIE ANREISE. Wanderer wandern, um vor den Autos zu fliehen, mit denen sie selbst angereist sind. Um Berg und Natur genießen zu können, ist oft eine weite Anreise mit dem Pkw erforderlich. Einerseits, weil es peinlich ist, in einer Trekkinghose ICE zu fahren, andererseits, weil man die Wanderstöcke ja sowieso schon im Kofferraum hat. Zudem ist es wichtig, dass durch die lange Autofahrt bereits bei der Ankunft im Wandergebiet die gesamte Muskulatur verkürzt und verspannt ist. Die körperliche Ertüchtigung beim Aufstieg sorgt anschließend dafür, dass der Schmerz wieder nachlässt. Das bedeutet allerdings auch, dass man nach der Rückfahrt nach Hause wieder wandern sollte, was zur Folge hat, dass man ab sofort bis zum Lebensende in einer Endlosschleife aus Wanderungen und langen Autofahrten festhängt. Muss jeder selber wissen.

DER AUFSTIEG. Eine Wanderung an sich ist einfach nur eine sehr aufwendige Art und Weise, um an einen Teller Kaiserschmarrn zu kommen. Ich kann es niemandem verdenken, auch ich würde für einen Teller Kaiserschmarrn einen Gebirgskamm bezwingen oder mir meinen in einer Felsspalte eingeklemmten Arm mit einem rostigen Taschenmesser amputieren. Kaiserschmarrn ist der Motor, der den Wandertourismus seit Jahrhunderten am Laufen hält. Reinhold Messner sagte dazu in einer Talkshow: «Ich bin nicht etwa stolz darauf, dass ich alle vierzehn Achttausender bestiegen habe. Aber ich bin stolz darauf, dass ich immer zwei Portionen Kaiserschmarrn schaffe.» Generell gibt es beim Wandern nicht viel zu beachten. Begegnet man auf dem Weg nach oben anderen Wandernden, begrüßt man sich mit einem knappen «Gut Schmarrn» und nickt sich kameradschaftlich zu.

Um die Sicherheit zu wahren, empfiehlt es sich, angelegte Wege nicht zu verlassen und nicht allein abseits der Route zu wandern. Schon der kleinste Fehler, ein leichtes Stolpern oder Umknicken kann sonst gefährlich werden und zu einem tödlichen Sturz führen, bei dem man unter Umständen erst nach Tagen, Wochen oder auch gar nicht gefunden wird. Andererseits ist es vielleicht aber auch besser so, denn wer will schon in Trekkinghosen gefunden werden? Wer sich an die festgelegten Routen hält, hat aber nichts zu befürchten. Ich streue mir außerdem vom Parkplatz bis zur Bergspitze immer noch einen Pfad aus Erdnussflips den gesamten Wanderweg entlang. So verringere ich das Risiko, mich auf dem Rückweg zu verlaufen, und bleibe satt und motiviert.

DER RÜCKWEG. Das Schöne am Wandern ist: Es ist irgendwann vorbei. Ich weigere mich zu akzeptieren, dass der Weg das Ziel ist. Meine Meinung: Das Ziel ist das Ziel, und das Ziel ist dann erreicht, wenn der Weg nicht mehr im Rückspiegel zu sehen ist und man endlich den oberen Hosenknopf aufmachen kann. Nach einem kräftezehrenden Anstieg und der Überbeanspruchung des Verdauungsapparats durch eine zünftige Portion Kaiserschmarrn kann der Rückweg sogar noch beschwerlicher erscheinen als der Aufstieg. Ich weiß, dass viele Menschen davon abraten, aber ich möchte an dieser Stelle trotzdem nicht unerwähnt lassen, dass es immer eine legitime Option ist, sich mit ausgestreckten Armen und Beinen längs einen Hang herunterzurollen. Das ist nicht nur effizient und kräfteschonend, sondern sieht auch noch cool aus. Sicher, man muss sich übergeben und rollt unter Umständen direkt in den Tod, aber wenn nicht, ist man als Erster am Auto und darf über die Musik bestimmen!

Ansonsten ist es immer eine gute Idee, nur dort zu wandern, wo es auch eine Seilbahn gibt. In die kann man wunderbar schon im Tal direkt am Parkplatz einsteigen, bis nach oben fahren, dort seinen Kaiserschmarrn essen und dann wieder mit der Seilbahn nach unten fahren. Das ist auch irgendwie Wandern, aber schneller und knieschonender. Gut Schmarrn!

Schlafen

ICH BIN eine Schläferin. Ja, ich schlafe viel, gerne, tief. Verklagt mich doch!

Aber auch ich habe nicht immer gut geschlafen, wie vieles war auch das ein Prozess. Ein paar wichtige Parameter müssen erfüllt sein, um jede Nacht das Maximum an Schlaferlebnis rauszuholen. Zum Beispiel kann es helfen, nicht direkt neben einer Herde Weißschwanzgnus zu schlafen. Die sind unangenehm laut und stinken.

Bessere Erfahrungen habe ich mit Betten gemacht. Aber auch hier gibt es einiges zu beachten: Für mich ist es wichtig, dass das Bett immer zwei mal zwei Meter groß ist. Das hat den einfachen Grund, dass ich mich nachts im Uhrzeigersinn drehe. Also buchstäblich, wie ein Uhrzeiger. Stunde um Stunde drehe ich mich etwas weiter, und wenn mein Körper auf acht Uhr fünfzehn liegt, wache ich quer auf der Matratze mit leicht geneigten Beinen auf und weiß sofort, wie viel Uhr es ist. Diese Schlaftechnik habe ich mir selbst beigebracht, und sie hat den Vorteil, dass ich einerseits die Matratze sehr gleichmäßig einliege und andererseits zu jedem Zeitpunkt der Nacht an meiner eigenen Körperhaltung erkennen kann, wie spät es ist.

Natürlich ist es mir im Schlaf egal, wie viel Uhr es ist. Aber ich *könnte* es wissen. Außerdem werde ich so automatisch jeden Morgen pünktlich um neun Uhr wach, weil meine Füße dann genau in dem Winkel gegen den Nachttisch schlagen, dass der Wecker laut auf den Boden fällt. Genial!

Problematisch wird es nur, wenn ich außer Haus schlafe. Von Reisen mit dem Nachtzug nehme ich seit einem unerfreulichen Ereignis in einem Viererabteil von Köln nach Wien deswegen Abstand. Die mir fremden Mitreisenden wussten natürlich nichts von meiner Schlaftechnik, und nachts um Viertel vor drei lag mein Körper so, dass er alle drei Personen gleichzeitig im Gesicht berührte. Ich wurde noch vor Stuttgart des Zuges verwiesen und schwor mir fortan, nie wieder auswärts zu schlafen.

Aber zurück zur Formel für erstklassigen Schlaf: Auch die Raumtemperatur kann die Schlafqualität beeinflussen. Ich öffne vor dem Zubettgehen ausnahmslos alle Fenster der Wohnung. Das belebt die Blutzirkulation und gewährleistet, dass Vögel, die sich im Dunkeln durch die offenen Fenster ins Haus verirren, auch wieder herausfliegen können. Auch allabendliche Einschlafrituale sind ein Muss. Ich lasse mir im Schutz der Dunkelheit immer noch mal alle peinlichen Dinge durch den Kopf gehen, die ich jemals gesagt oder getan habe. Jeden Abend. Das erdet und versetzt das Hirn in eine Art Schockstarre, durch die es ganz schnell und dringend einschlafen will, um zu vergessen. Der letzte, sehr wichtige Aspekt einer gesunden Schlafhygiene ist die sorgfältige Auswahl der

Kleidung. Alles kann ein Schlafanzug sein. Aber nicht alles sollte es auch. Letztendlich ist die Wahl der Nachtrobe sorgfältig mit dem eigenen Charakter abzustimmen. Es gibt verschiedene Typen Mensch, und für jeden gibt es das passende Nachthemd. Aus Gründen der Nächstenliebe und auch für Forschungszwecke habe ich mir die Arbeit gemacht, die verschiedenen Pyjamatypen hier einmal aufzuschlüsseln.

Was die Wahl deines Schlafanzugs über dich aussagt:

ÜBERGROSSES T-SHIRT UND UNTERHOSE: bequem und flexibel. Du hast einen Master in Biotechnologie und glaubst trotzdem, dass dein Ex mit dir Schluss gemacht hat, weil er Steinbock ist. Alle kommen als Erstes zu dir, wenn sie jemandem das Herz ausschütten wollen. Der Gewürzketchup in deinem Kühlschrank ist definitiv abgelaufen.

ZWEITEILIGER FLANELL-PYJAMA MIT KNOPFLEISTE: zugeknöpft und unnachgiebig. Du findest Katzenvideos nicht lustig und stehst im Flugzeug schon auf, bevor die Türen aufgehen. Wenn du betrunken bist, kaufst du risikoarme Einzelaktien und weinst zum Best-of-Album von Thees Uhlmann.

ONESIE: fluffig und verspielt. Dein VW Up heißt Ilse und riecht nach nassem Hund und Red Bull. Du liebst Thermobecher von Disney und Rauchen auf dem Klo. 2019 hat dich ein Lokalsender interviewt, weil du die meisten Paybackpunkte in ganz NRW hast.

OBEN OHNE, MIT BOXERSHORTS: unkompliziert und gemütlich. Deine Startseite im Browser ist seit fünfzehn Jahren Kinox.to. Du bist dafür bekannt, dass du ein sehr gutes Omelette machst. Deine letzte Beziehung ging in die Brüche, weil du dich geweigert hast, das Pulp-Fiction-Poster im Bad abzuhängen.

NACKT: außer Kontrolle. Du stellst deiner Oma deine One-Night-Stands vor. Als Kind hast du es geliebt, die Kaugummis vom Asphalt zu kratzen und weiterzukauen.

SEIDENES NEGLIGÉ: sensibel und anspruchsvoll. Weil dein Vater dich manchmal mit deiner Schwester verwechselt, klaust du bei Rossmann zwanghaft Spülschwämme. Du kannst perfekt rückwärts parallel einparken und bist stolz auf deine zierlichen Handgelenke.

SKI-UNTERWÄSCHE: unterkühlt und exzentrisch. Du wohnst im Keller deiner Eltern und hast keine Ahnung, wie viel ein handelsübliches Messer kostet. Deine Hobbys sind Diabolo spielen, mit dir selber reden und auf Google Maps Wasserhydranten screenshotten.

STRASSENKLEIDUNG: depressiv. Die Face-ID von deinem iPhone erkennt dich nicht, wenn du nicht besoffen bist. Dein Therapeut hat deine Nummer blockiert, weil du ihn nachts wachgeklingelt und angefleht hast, seinen Netflix-Account mitbenutzen zu dürfen.

KUGELSICHERE WESTE: Du bist entweder Tom Cruise oder glaubst, dass du Tom Cruise bist. In beiden Fällen empfiehlt es sich, einen Psychoanalytiker zu konsultieren.

MediaMarkt

SIE HABEN mich bei MediaMarkt vergessen. Als um kurz vor zwanzig Uhr die höfliche Durchsage einer Mitarbeiterin ertönte, dass der Laden in fünf Minuten schließen würde und man sich doch bitte jetzt zu den Kassen begeben sollte, testete ich gerade Noise-Cancelling-Kopfhörer, diese großen Oschis für dreihundert Euro. Ich hatte es mir an der Ecke bei den elektrischen Tischgrills gemütlich gemacht, sichtgeschützt zwischen zwei doppeltürigen Gefrierkombinationen, damit ich in Ruhe *Bibi & Tina und der fliegende Sattel* auf voller Lautstärke hören und entspannen konnte.

Ungefähr einmal im Jahr verketten sich die Ereignisse in meinem Leben so ungünstig, dass ich es nicht mehr weiter hinauszögern kann, in die Innenstadt zu fahren. Zum Beispiel wenn ich eine große Plastiktüte brauche, das Internet mal wieder ausverkauft ist oder ich mich von einer zweiundzwanzigjährigen Hunkemöller-Mitarbeiterin für meine Unterbrustweite shamen lassen will. Damit ich meinen anschließenden mentalen Breakdown nicht mitten in der Innenstadt, sondern erst zu Hause habe, brauche ich beim Einkaufen regelmäßige Verschnaufpausen. Und da coole Frauen nicht gatekeepen, bin ich bereit, meine heimlichen Inseln der Erholung hier zu teilen:

BUTLERS: das Einrichtungsgeschäft, das schon seit zehn Jahren insolvent ist, aber trotzdem immer noch Christbaumkugeln in Form von Dackeln im Hotdogbrötchen verkauft. Hier ist es immer herrlich ruhig, denn Menschen kommen hier überhaupt nur in der Adventszeit hin, wegen der Hotdogdackel-Kugeln. Den Rest des Jahres herrscht hier gähnende Leere. Die Gegenstände bei Butlers sind nämlich nicht nur langweilig, sondern auch von unterdurchschnittlicher Qualität. Immerhin ein kundenfreundliches Konzept, dass die hässliche Pfeffermühle direkt kaputtgeht, dann kann man sich schnell eine neue kaufen. Jedenfalls ist es bei Butlers wohltemperiert. Ich habe schon Stunden dort verbracht, ohne einen Menschen zu sehen. Da hat nicht mal jemand gearbeitet. Wahrscheinlich um Personalkosten zu sparen, wegen der Insolvenz.

Viele Butlers-Geschäfte haben eine zweite Etage, weil man der Kundschaft die Möglichkeit bieten will, sich auf zwei Etagen zu langweilen. Mir kommt das gelegen, denn wenn unten schon null Menschen waren, sind es oben minus drei. Die zweite Etage bei Butlers ist wie die zweite Seite der Google-Suchergebnisse, da schafft es kaum jemand hin, da will man aber auch gar nicht hin, denn da fängt es an, komisch zu werden. In diesem Fall kann ich es aber nur empfehlen. Auf der zweiten Etage von Butlers gibt es oft eine Ecke mit Gartenmöbeln und einer großen Auswahl an Sitzkissen. Mit den Jahren habe ich es perfektioniert, mir dort mit wenigen Handgriffen eine Höhle aus verschieden großen Sitzkissen zu bauen, einen kleinen «Raum im Raum». Schalldicht, behaglich, von außen nicht einsehbar. Natürlich ziehe ich meine Schuhe aus, wenn ich meine Höhle betrete, ich weiß mich schließlich zu benehmen. In der Butlers-Höhle kann ich problemlos ein bis zwei Stunden unbemerkt entspannen und sogar schlafen, bevor ich meinen Streifzug durch die Innenstadt fortsetze. Ich habe auch schon mal meine Umsatzsteuervoranmeldung darin gemacht und Teile meines Buches geschrieben. Da man meistens die einzige Person im Laden ist, ist das WLAN ausgezeichnet.

DEICHMANN: Auch Schuhgeschäfte kann ich als Rückzugsort im Höllenschlund Innenstadt wärmstens empfehlen. Die Ladenfläche ist verwinkelt, die Regale reichen hoch über den eigenen Kopf, und es gibt extrem viele, meist gepolsterte Bänke. Ich gehe immer zielsicher in die hinterste Ecke des Geschäfts, da, wo die Altherrensandalen ausgestellt werden. Hier ist es am ruhigsten, denn alte Männer kaufen keine Schuhe. Sie lassen sie sich entweder von ihrer Frau mitbringen oder greifen einfach wahllos ins Regal und verschwinden sofort zur Kasse, weil Schuheanprobieren unmännlich ist. Nur verweichlichte, linksgrün versiffte Glutenverweigerer mit bunten Haaren probieren ihre Schuhe vor dem Kauf an. Echte Männer tragen Schuhe in der falschen Größe, und zwar so lange, bis sie passen. Weil der starke männliche Fußballen die Sohle von innen so lange mit seiner eisenharten Maskulinität bearbeitet, bis der Schuh sich ergibt.

Jedenfalls ist es bei den Altherrensandalen traumhaft ruhig, und die Polster der Bänke sind noch wie neu. Damit ich nicht vom Personal angesprochen werde, ziehe ich mir alibimäßig immer ein Paar der ausgestellten Winterstiefel über, so kann ich jederzeit Kaufinteresse suggerieren und habe es an den Füßen muckelig warm.

KARSTADT-RESTAURANT: Auf das Karstadt-Restaurant lasse ich nichts kommen! Auf der obersten Etage des krisengeplagten Kaufhauses erwartet einen pure Glückseligkeit: eine gefühlt fußballfeldgroße Fläche mit einem gigantischen, niemals endenden Buffet. Salate, warme Vorspeisen, Tagesgerichte, Kuchen, schöne Kuchengabeln, die in jede Handtasche passen. Ich kann nur Gutes berichten!

Das Karstadt-Restaurant wirbt damit, «Lieblingsspeisen wie zu Hause» anzubieten, und das kann ich nur unterschreiben, denn zu Hause esse ich auch oft lauwarmes TK-Kaisergemüse mit zu viel Soße. Ich fühle mich sehr wohl im Karstadt-Restaurant. Der Sitzbereich ist so groß, dass man ungestört an einem der Tische Platz nehmen kann und nicht unangenehm auffällt, wenn man nichts isst. Dem Personal ist das eh egal, denn wer bei Karstadt arbeitet, hat ganz andere Probleme.

MEDIAMARKT dagegen hätte es nicht mal in meine Top Ten der Ruheoasen in der Innenstadt geschafft. Die Beleuchtung ist gleißend hell, als wolle man die Kundschaft daran hindern, sich zwischen Tonie-Figuren und Heißluftfritteusen einen Schuss zu setzen. Es gibt zu viele verschiedene Lärmquellen im Geschäft, aus allen Ecken tönt Musik, überall blinken und blitzen riesige Bildschirme in Super-Mega-Giga-QLED-OLED-Retina-Ultra-Geilomat-HD. Wäre ich nicht zufällig gerade in der Nähe des Ladens und schon Viertel vor Breakdown gewesen, wäre ich für meine Verschnaufpause nicht bei MediaMarkt eingekehrt. Aber zum Glück kam mir die Idee mit den Noise-Cancelling-Kopfhörern, und tatsächlich konnte ich damit die Unbehaglichkeit, die der stationäre Einzelhandel ansonsten bei mir auslöst, beinahe komplett ausblenden. Ich konzentrierte mich auf Bibi und Tina und ärgerte mich darüber, dass Frau Martin den Zaubersattel an den Grafen verkauft, nur weil er ihr viel Geld bietet. Die geldgeile Bitch! Das machte mich rasend, was gut war, denn so konnte ich mich auf eine neue Wut konzentrieren, die nicht der Innenstadt und den Menschen in Innenstädten galt.

Mit geschlossenen Augen lehnte ich an der Rückseite eines großen Kühlschranks, der ein Sichtfenster in der Tür eingebaut hatte. Der Hersteller warb in einem Demonstrationsfilm damit, dass durch Klopfen an das Fenster das Licht im Innern des Kühlschranks aktiviert wird und man hineingucken kann, ohne die Tür zu öffnen. Diese Vorstellung machte mich irgendwie traurig, weil das auch bedeutet, dass die Lebensmittel im Innern des Kühlschranks nach draußen gucken konnten. Es ist, als würde man einem Tiger aus dem Kölner Zoo Videos von einer Savannenlandschaft zeigen. Es wird ihn unendlich traurig machen, wenn er realisiert, dass man als Tiger gar nicht in Köln-Riehl wohnen muss, zwischen einem Contipark-Parkhaus und Rewe Rahmati. Wenn ihr ihn schon einsperrt, dann lasst ihn doch bitte in dem Glauben, dass es total tigermäßig und cool ist, sein Fleisch nicht selbst zu erlegen, sondern dreimal täglich von Pfleger Marius aus Gremberghoven flauschige Kaninchen und auf der B 55 angefahrene Rehe in einer Schubkarre serviert zu bekommen.

Gleiches gilt auch für den Inhalt meines Kühlschranks. Das Stück mittelalter Gouda muss nicht sehen, dass es da draußen noch wunderschöne, florierende Landschaften gibt, wo es doch so oder so in den dunklen Tiefen meines Magens landen wird. Ich wollte diesen wichtigen Gedanken gerade zu Ende führen, als um mich herum plötzlich alles dunkel wurde. Sofort riss ich mir die Kopfhörer von den Ohren, kroch hinter dem Kühlschrank hervor und schaute mich panisch um. Es war niemand mehr da, die Bildschirme schwarz, im gesamten Laden herrschte komplette Stille. Es dauerte ein paar Sekunden, bis mein Hirn die Transferleistung erbrachte und verstand, was passiert war.

Als mir klar wurde, dass ich bei MediaMarkt vergessen und eingesperrt worden war, fand ich das ausschließlich spektakulär. Wann hat man schon mal die Gelegenheit, sich in einem Geschäft alles in aller Ruhe anzuschauen und auszuprobieren, ohne für eine Ladendiebin gehalten und vom Personal auf Schritt und Tritt verfolgt zu werden? Als Ladendiebin kann ich mit Gewissheit sagen: nicht oft. Sicher, ich könnte den Notruf wählen und wäre dann in wenigen Minuten eine freie Frau. Oder aber ich könnte endlich herausfinden, ob diese sauteuren IPL-Laser-Haarentfernungsmaschinen ein Scam sind oder wirklich schmerzfrei für glatte Haut sorgen. Wenigstens ein paar Minütchen könnte ich meine Rettung ja noch hinauszögern. Oder ein paar Stündchen.

Mit meiner Handy-Taschenlampe verschaffte ich mir erst mal einen Überblick. Gleich mehrere Themenfelder waren für mich interessant: die Kaffeevollautomaten, die kabellosen Staubsauger mit Nasswischaufsatz und die automatischen Lockenstäbe. Jetzt, wo ich die gesamte Ladenfläche für mich hatte, das Junkielicht erloschen und die Bluetoothboxen verstummt waren, wirkte alles friedlich und einladend. Von allen Geschäften, in die man so gehen kann, war der Elektrofachmarkt bei näherer Betrachtung der am wenigsten schlimme. Eigentlich ein wirklich nettes Geschäft. Vor allem, weil mir hier alles passt. Die Thunderbolt-USB-C-Kabel sind standardisiert, wir haben alle die gleiche Buchsengröße. Ich werde nicht mitleidig angeguckt, wenn ich frage, ob es die Mehrfachsteckdose auch noch in einer Nummer größer gibt. Im Prinzip sind Elektrofachmärkte gelebte Body Positivity. Ein großes Glück also, dass ich hier eingesperrt wurde und nicht bei Zara – dem Modegeschäft für alle, die schon mal wissen wollten, wie es sich anfühlt, wenn einem nicht mal ein Schal passt. Erst mal musste ich jetzt aber für Licht im Laden sorgen. Im Gang mit den Glühbirnen fand ich einen LED-Baustrahler, aber keine Steckdose, um ihn anzuschließen. In einem Elektrofachmarkt!

Schließlich tastete ich mich hinter den Waffeleisen zu einem unter dem Teppich verlegten Stromanschluss durch und flutete weite Teile der Fläche mit meinem Baustellenlicht. Hervorragend. Jetzt, wo ich die ganze Welt der Unterhaltungselektronik vor mir sah, wusste ich gar nicht, wo ich anfangen sollte. Ich entschied mich, zuallererst eine Runde an der Gamingstation zu spielen, ein hyperrealistisches Autorennen mit Autositz und Lenkrad, das wollte ich schon immer mal tun. Es war überraschend unspektakulär. Was mir bei Autorennspielen fehlt, ist die Möglichkeit, kurz bei einer Tank-und-Rast- oder Serways-Raststätte einzukehren und sich ein trockenes Brötchen mit Gouda und Ei für acht Euro zu genehmigen. Mir fehlt das Gefühl, kurz vorm Bezahlen wieder raus auf den Parkplatz zu stürmen und mindestens zwanzig Minuten damit zu verbringen, das Sanifair-Ticket im Auto zu suchen, um fünfzig Cent zu sparen. Das würde noch mal das richtige Maß an Thrill in die Sache bringen. Einfach nur schnell Auto fahren kann wirklich jeder, Geschwindigkeit allein reizt mich beim Fahren überhaupt nicht. Das Spiel merkte das auch recht schnell. Als ich mit meinen gemütlichen vierzig Sachen die Wegstrecke entlangschlich und die virtuellen Landschaften genoss, überrundete mich eine computergenerierte Mitfahrerin zum dritten Mal, und ich wurde disqualifiziert. Dann halt nicht!

Als Nächstes fiel mir das Schmuck-Ultraschallreinigungsgerät ins Auge. Ich würde nicht im Traum auf die Idee kommen, meinen Schmuck zu reinigen, geschweige denn, Schmuck zu kaufen, der es wert wäre, gereinigt zu werden. Aber meine Oma sagt immer: «Was man hat, das hat man», und ich hatte jetzt nun mal kostenlosen Zugriff auf ein Schmuck-Ultraschallreinigungsgerät. Nach einem Blick in die Bedienungsanleitung fand ich heraus, dass ich für die Inbetriebnahme unbedingt Wasser brauchen würde. Gibt es bei MediaMarkt Wasser? Darüber hatte ich noch nie nachgedacht. Mein Gefühl sagte mir, dass es dort eigentlich kein Wasser geben dürfte, wahrscheinlich aus konsumpsychologischen Gründen, vielleicht weil Menschen, die durstig sind, mehr Digitalreceiver kaufen. Ein kurzer Abstecher in den Kassenbereich belehrte mich eines Besseren: Es gab hier nicht nur Wasser zu kaufen, sondern auch Cola, Fanta, Sprite, Red Bull, nur das gute Zeug. Und Gummibärchen. Und vegetarische BiFi Rolls! Fast wie zu Hause. Ich nahm mir zwei Flaschen Wasser aus der Kühlung, eine für mich, eine für das Schmuck-Ultraschallreinigungsgerät. Drei Packungen Gummibärchen und acht BiFi Rolls packte ich auch noch ein, man kann ja nie wissen. Erst als ich am Schmuck-Ultraschallreinigungsgerät alles so weit vorbereitet hatte, realisierte ich, dass ich gar keinen Schmuck bei mir trug, also suchte ich meine Tasche auf irgendwas ab, was in Richtung Edelmetalle gehen könnte, und warf mein gesamtes Münzgeld rein. Dann startete ich den Reinigungsvorgang und schaute staunend zu, wie die Maschine anfing, zu brummen und zu blubbern. Wir alle sollten unser Münzgeld öfter ultraschallreinigen. Es gibt nichts Schlimmeres als Finger, die nach Münzgeld riechen. Eigentlich Wahnsinn, dass wir kleine Kupfermünzen über Jahrzehnte hin und her tauschen. Ich würde unglaublich gerne mal eine GoPro an so einer Münze befestigen und ihren Weg durch die Bundesrepublik über die Jahre mitverfolgen. Sie startet voller Zuversicht in einer imposanten Prägestätte, funkelnd, jung, glatt, bereit, die Welt zu sehen, und endet mit etwas Pech in der Sofaritze von Hugo Egon Balder.

Während meine Münzen ihr Bad nahmen, bummelte ich weiter durch die Gänge. In meiner absoluten Lieblingsabteilung, der für Küchenkleingeräte, blieb ich erwartungsgemäß hängen. Waffeleisen, Standmixer und Kontaktgrills lassen mein Herz seit jeher höherschlagen. Es ist gleichermaßen Fluch und Segen dieser Gerätschaften, dass man sie gut wegräumen kann. Sie stehen in der Abstellkammer oder oben auf dem Kühlschrank, und *bei Bedarf* holt man sie hervor. Aber seien wir mal ehrlich, wann hat man wirklich *Bedarf* an Poffertjes für sechs Personen? Diese Maschinen sind allesamt One-Hit-Wonder, sie werden gekauft, um sie einmal zu benutzen. Dennoch: One-Hit-Wonder sind zwar nur einmal gut, aber dafür so richtig. Ein Poffertjes-Maker ist wie *Bailando* von Loona, sensationell, aufregend, extravagant. Aber schon beim zweiten Mal lässt der Zauber nach, weil das Ganze doch gar nicht so extravagant ist und nur aus den Niederlanden kommt.

Mein Blick fiel auf die Sandwichmaker. Ich bin inzwischen therapiert genug, um mir einzugestehen, dass ich ein besonders ungesundes Verhältnis zu Sandwichmakern habe. Sandwichmaker bilden die Ausnahme bei den Küchenkleingeräten, sie sind kein One-Hit-Wonder, sie sind eine toxische On-off-Beziehung, von der man nicht richtig loskommt. Die Zeit mit einem Sandwichmaker ist extrem exzessiv, zwei Wochen lang maked man alles zu einem Sandwich, was man finden kann. Es fängt harmlos an mit Käse und Schinken, dann gewinnt man an Selbstvertrauen und wird experimentierfreudig. Zucchini und Feta, Banane und Nutella, Hubba Bubba und Altbatterien. Es gibt dann jeden Tag nur Sandwiches, morgens, mittags, abends und nachts, und zwar so lange, bis man sich selbst und das Gerät abgrundtief hasst. Als Nächstes kommt dann der Entschluss, der Sandwichorgie ein Ende zu setzen, gefolgt von einem Nervenzusammenbruch, weil man den verkrusteten Käse nicht von der Beschichtung gekratzt bekommt und vom vielen Toastbrot schreckliches Sodbrennen hat. Der Sandwichmaker wird in die hinterste Ecke der Abstellkammer gepfeffert. Ein Jahr später findet man ihn da zufällig wieder und denkt: «GEIL!», dann geht der Kreislauf von vorne los. Von diesem Gerät würde ich also wirklich die Finger lassen.

Ohnehin interessierte ich mich mehr für die Kontaktgrills. Das ist im Prinzip ein Sandwichmaker, aber in groß. Man kann darin Dinge zwischen zwei Grillflächen so lange einklemmen, bis sie gar sind. Also wie eine Pfanne, aber von beiden Seiten. Zwei Pfannen gleichzeitig. Und ein bisschen wie ein Waffeleisen, also ziemlich genau wie ein Waffeleisen, nur ohne die Waffelform. Er erinnert optisch aber auch an ein Solarium. Ein Fleischsolarium. Ein Kontaktgrill ist ein Sandwichmaker, ein Waffeleisen, zwei Pfannen und ein Fleischsolarium in einer Maschine. Menschen, die einen Kontaktgrill besitzen, sind in ihrem Freundeskreis vor allem dafür bekannt, dass sie einen Kontaktgrill besitzen. Es gibt niemanden, der heimlich einen Kontaktgrill besitzt. Wenn man einen hat, muss man das allen mitteilen, am besten per WhatsApp-Gruppenchat oder Kontaktgrill-Newsletter an all seine Kontakte. «Janina und ich haben uns einen Kontaktgrill zugelegt!», heißt es dann stolz, und die anderen antworten mit

«Glückwunsch!», «Wir freuen uns so sehr für euch!» und «Dann schlaft jetzt noch mal, so viel ihr könnt, sobald der Kontaktgrill da ist, wird das nicht mehr möglich sein». Wollte ich wirklich eine solche Person werden? Auf jeden Fall.

Aber vorher musste das Ding getestet werden, ich kaufe ja nicht die Katze im Sack. Nein, ich möchte mich schon vor dem Kauf davon überzeugen, dass es ein absolut unnötiger Quatsch ist. Also packte ich zwei von den veganen BiFi Rolls aus und platzierte sie auf der Grillfläche. Bis dahin kein Problem. Dann sollte ich ein automatisches Programm auswählen, was mich zur Frage brachte, ob eine BiFi Roll ein Burger, ein Sandwich oder ein Würstchen ist. Ich hätte diese Frage wirklich gern mit Jürgen Wiebicke vom *Philosophischen Radio* ausdiskutiert. Ist eine Salami auch dann noch ein Würstchen, wenn sie einen Teigmantel trägt? Leugnet man damit die Existenz des Teigmantels? Wenn ich Hegel richtig verstanden habe, und das habe ich ganz sicher nicht, dann gibt es nur eine einzige Wahrheit. Und diese Wahrheit ist immer das Ganze, umfasst also sowohl die eine Seite als auch den Gegensatz dazu. Die BiFi Roll trägt also einen Teigmantel, ist aber auch eine gewöhnliche Salami, sie ist eine BiFi, aber auch eine BiFi Roll, ein Würstchen, aber auch kein Würstchen, sie lebt im Widerspruch. Bei der Frage, ob sie nun ein Burger, ein Sandwich oder ein Würstchen ist, war ich jetzt keinen Schritt weiter, aber um Antworten geht es ja in der Philosophie sowieso nicht. Ich drückte also wahllos irgendeinen Knopf, heiß werden würde das Ding bestimmt irgendwie.

Mein Dessert hatte ich auch schon im Blick: Die vielen Kaffeevollautomaten und Siebträgermaschinen zogen mich mit ihren funkelnden Fronten und den futuristischen Milchschaumdüsen magisch an. Ich bin keine Kaffeetrinkerin, weshalb auch schon kleinste Mengen Koffein eine große Wirkung auf mein zentrales Nervensystem haben. Es liegt nicht daran, dass es mir nicht schmeckt, im Gegenteil, ich liebe Kaffee. Ich wünschte, ich könnte behaupten, dass ich ihn nicht trinke, weil es nur ein weiteres ungesundes Laster wäre, aber die Wahrheit ist, ich bin zu faul für eine neue Sucht. Ich kann mich einfach nicht auch noch darum kümmern. Wenn man Kaffee trinkt, muss man zunächst aus einem Überangebot an Produkten eine Kaffeemaschine auswählen, da gibt es tausend Sachen zu beachten. Aber danach geht der Ärger erst richtig los: Die Maschine muss regelmäßig in tausend Einzelteile zerlegt und mit einer Spülbürste gereinigt werden, damit sie nicht anfängt, von innen zu modern. Instandhaltung ist grundsätzlich nicht meins. Wenn mir allerdings jemand anderes einen Kaffee zubereitet und sich selbst um den Moder kümmert, nehme ich das dankend an. Moder immer outsourcen, das ist meine Devise. Und was soll ich sagen, bei MediaMarkt standen jetzt nun mal diese hochaktuellen Hightech-Kaffeevollautomaten, Kapsel- und Siebträgermaschinen direkt vor mir, und ich hatte vor, sie alle zu testen.

Es dauerte eine halbe Stunde, bis ich alle Modelle in Gang setzen konnte und die Probier-Espressotässchen bereitgestellt hatte, dann brodelte und zischte es in acht Maschinen gleichzeitig, und ich nutzte die Zeit, um nach meinen BiFi Rolls im Kontaktgrill zu schauen. Das Gerät hatte sich inzwischen von selbst ausgeschaltet, eindeutig ein Pluspunkt. Die Würstchen waren schon wieder kalt und steinhart, dafür hatte die Riffelung der Platten den Teigwürstchen eine tolle Grillstreifenoptik verpasst. Mehr geht ja wohl nicht. Ich schrieb mir eine Erinnerung in meine Notizen-App: «Dringend Kontaktgrill kaufen!» Damit ich mir beim Verzehr meiner kalten BiFi Rolls und acht Espressi im Baustellenlicht eines verlassenen Media-Marktes nicht wie ein kompletter Freak vorkam, versuchte ich, es mir etwas heimelig zu gestalten, und ließ ein Gigi-D'Agostino-Album von 1999 über mikrowellengroße Bluetooth-Lautsprecher laufen, das entspannte mich sofort.

Anschließend zog ich mir für mein Abendessen einen Gamingstuhl mit integriertem Nackenkissen aus dem Gang gegenüber heran. Unverschämt, wie bequem es sich darauf saß. Während ich zu Hause in gebückter Haltung auf einem räudigen Vintage-Schulschemel von 1964 kauere und mein Steißbein sich nach einer Stunde Schreiben anfühlt, als hätte ich auf einem Wurfstern gepicknickt, kuscheln sich die Reddit-Incels des Landes in ergonomische Memory-Schaum-Armsessel mit stufenlos verriegelbarer Wippmechanik. Kein Wunder, dass es ganze Trollarmeen im Internet gibt. Mit einem derart entlasteten Rücken ist es leicht, in den Cyberkrieg zu ziehen. Wer keine Thermacare-Rückenpflaster kaufen muss, kann auch in Krypto investieren. Ich notierte mir sofort «Gamingstuhl kaufen!!!» in meiner Notizen-App. Dann aß ich die zwei knochenharten, erst kontaktgegrillten und dann wieder abgekühlten BiFi Rolls (nicht zu empfehlen) und trank anschließend acht Espressi aus Maschinen verschiedenster Hersteller (sehr zu empfehlen).

Ich tat beim Degustieren so, als hätte ich Ahnung von Kaffee, kräuselte die Nase, schwenkte die Tässchen skeptisch vor mir hin und her und machte kleine Schmatzlaute, wie ein echter Barista das halt so macht. Dann schrieb ich «Idee für Song: Barista für eine Nacht» in meine Notizen-App. Zwischen den acht Kaffeesorten aus den verschiedenen Automaten konnte ich überhaupt keinen Unterschied feststellen, es schmeckte einfach alles gleich geil. Nun fühlte ich mich herrlich erfrischt und tigerte weiter durch die Gänge auf der Suche nach einem neuen elektronischen Abenteuer.

Und ich wurde nicht enttäuscht: In der Outdoor-Ecke fand ich sowohl ein E-Bike als auch ein bunt blinkendes Hoverboard. Die sicherere Variante schien mir das Rad zu sein, also nahm ich das Hoverboard. Ich hatte es gerade fertiggebracht, auf dem Ding zu stehen und mit den Händen an einem CD-Regal entlanghangelnd langsam ein paar Zentimeter geradeaus zu fahren, als plötzlich die Wirkung der acht Espressi einsetzte. Mein Puls beschleunigte sich, Adrenalin schoss mir durch den Leib, als müsste ich jetzt sofort eine vollbesetzte Boeing 747 mit nur einem funktionierenden Triebwerk auf einer Bohrinsel notlanden. Ich wurde mutiger, ließ die Hände vom Regal und fuhr los.

Ich weiß nicht, wer dafür verantwortlich ist, dass Hoverboards überhaupt für den Verkauf zugelassen sind. Das war sicher so ein klassischer Fall von «Mmmmh,

Sabine macht heute lauwarmen Kartoffelsalat mit Minifrikadellen, jetzt noch schnell die zehn Dokumente hier abstempeln und dann ab nach Hause, was soll das denn sein, Hoverboard, aha, ein Roller, aber ohne Lenkstange und batteriebetrieben, also man kann sich nicht festhalten, aber dafür extrem schnell fahren, joah, wird schon passen, hoffentlich hat Sabine die Kartoffeln schön schlotzig gerührt, stempelstempel, bis morgen, Chef». Jedenfalls fuhr das Ding in einem Affenzahn. Oder besser gesagt: *Ich* fuhr das Ding in einem Affenzahn, zumindest die Koffeinversion von mir. Es fühlte sich an wie in einem Fiebertraum, Gigi D'Agostino wummerte ohrenbetäubend durch den ganzen Laden, während ich über den grauen Industrieteppich zu schweben schien. Ich drehte waghalsige Kurven, lenkte mit meinem Körpergewicht haarscharf zwischen LED-Bildschirmen und Luftreinigern hindurch, das Board blinkte dabei in allen Farben des Regenbogens, ich war das letzte Einhorn vom MediaMarkt. Das Koffein vernebelte mir die Sinne, alles war so grell und bunt und schnell, im Vorbeifahren fegte ich alle Pokémon-Karten von einem der Ständer, schaltete sämtliche Ventilatoren im Laden auf die höchste Stufe und spülte zwei Tüten saure Drachenzungen mit anderthalb Liter Red Bull runter. Die trockene Luft blies mir von allen Seiten durch die Haare, meine Überdosis Koffein ging nahtlos in einen lupenreinen Zuckerschock über, und ich drohte vollkommen die Kontrolle zu verlieren.

In meinem Wahn fühlte ich mich allmächtig, ich war eine Gigantin auf Rädern, Hoverboard-Goliath. Ich könnte in diesem Zustand einen ausgewachsenen Blauwal zurück ins Meer schieben, den Braunkohleabbau stoppen oder sogar nach Hause fahren. In meinem Kopf jubelten mir von links und rechts die Menschenmassen im Olymp zu, als ich in einer besorgniserregenden Geschwindigkeit geradewegs auf den Ausgang zubretterte.

«Ein Gittertor ist auch nur eine Frage des Mindsets», schrie ich hysterisch und beschleunigte in Kampfpose mit beiden Armen nach schräg oben zeigend noch mal die Geschwindigkeit, um mich aus meiner selbstverschuldeten MediaMarkt-Gefangenschaft zu befreien. Ich war so schnell unterwegs und so fest davon überzeugt, dass ich mit der bloßen Kraft von Koffein, einem Hoverboard und eineinhalb Litern Red Bull im Blut das Sicherheitstor sprengen und anschließend unbehelligt nach Hause fahren könnte, dass die Härte des Aufpralls mich wirklich überraschte.

Ich knallte erst mit voller Wucht gegen das Gitter, wurde dann wieder zurück nach hinten geschleudert und landete mit einem dumpfen Knall rücklings auf dem Boden. Ein schriller Alarm wurde ausgelöst, und es dauerte ein paar Sekunden, bis ich wieder zu Atem kam und die Augen öffnen konnte. Mein Schädel brummte, das Hoverboard lag quer über meiner Schulter und blinkte wie wild. Ich wollte es zur Seite schieben, konnte aber die Kraft nicht aufbringen. So lag ich da, wurde von ohrenbetäubendem Sirenenlärm beschallt und segelte inmitten von alldem langsam Richtung Bewusstlosigkeit.

Als ich wieder zu mir kam, streckte sich mein rechtes Bein erschreckend weit in die Höhe, und meine Schläfen pochten, als würden darunter kleine Lemminge tausend extrabreite Fischerdübel in meine Schädelwand hämmern.

«Wo bin ich?», fragte ich niemand Bestimmten, ein Reflex, denn in Filmen fragen Leute, die aus einer Ohnmacht erwachen, als Erstes immer: «Wo bin ich?» Also konnte ich damit nicht viel falsch machen.

«Bei MediaMarkt», antwortete forsch eine dunkle Stimme, und ich erschrak. Als ich den Kopf wie in Zeitlupe zur Seite neigte, sah ich, dass die Stimme zu einem kleinen, dicken Mann in einem roten MediaMarkt-Poloshirt gehörte. Ich lächelte ihn selig an, als hätte ihn der Himmel geschickt und nicht sein Schichtplan.

«Wie lange war ich bewusstlos?», krächzte ich ihm entgegen.

«Gar nicht, Sie haben geschlafen. Sie haben zumindest geschnarcht. Sehr laut sogar.»

«Oh.»

«Ihr Fuß hat sich im Gitter verhakt, ich hab es zum Glück noch rechtzeitig gesehen und Stopp gedrückt, aber dann ging das Gitter nicht mehr runter.» Tatsächlich. Ein Blick nach vorn erklärte, warum sich mein Bein nach oben streckte wie ein luftgetrockneter Serranoschinken. Ich versuchte, meinen Fuß mit einem beherzten Rütteln aus dem halb geöffneten Rollgitter zu befreien, aber es war nichts zu machen. Ich lag also kurz vor Ladenöffnung im Eingangsbereich von MediaMarkt, mit einem Bein in der Luft, mehreren Prellungen und Kaffee-Red-Bull-Mundgeruch. «Sie können ruhig arbeiten, tun Sie einfach so, als wäre ich nicht hier», stammelte ich unbeholfen.

Der Mann schnaubte. «Die Polizei ist unterwegs. Und ein Krankenwagen.»

«Ach, das wäre doch nicht nötig gewesen.»

«Aber alleine krieg ich Sie ja nicht da raus.»

«Ich kann sonst auch hierbleiben. Nur keine Umstände.»

«Was wollten Sie überhaupt klauen?»

«Klauen? Ich wollte doch nichts klauen. Das mache ich nur an Selfscan-Kassen.»

«Und warum sind Sie dann hier?»

«Ich wurde eingesperrt.»

«Der Klassiker.»

«Wirklich? Ist das schon mal passiert?»

«Natürlich. Beim letzten Mal war es Guido Maria Kretschmer.»

«Guido Maria Kretschmer wurde bei MediaMarkt eingesperrt?»

«Ja, und er hat die ganze Nacht ‹Shopping Queen› geguckt, auf allen Bildschirmen gleichzeitig.»

«Bizarr.»

«Wem sagen Sie das. Was machen Sie beruflich?»

«Ich schreibe.»

«Aha, und was schreiben Sie? Kennt man da was?»

«Nein, aber mein Song *Barista für eine Nacht* ist gerade in Arbeit.»

Er nickte halb anerkennend, halb fragend, also fuhr ich fort. «Ich denke da an einen gitarrenlastigen Herzschmerzhit, aber nichts aus der Konserve, eher so was, was diese schwäbischen Soulsänger mit Hut singen, vielleicht mit der SWR-Big-Band.»

Der Mann drückte mir eine Wasserflasche in die Hand und tätschelte beschwichtigend meine Schulter. «Das wird schon alles.» Und wenn ein MediaMarkt-Mitarbeiter mir sagt, dass das schon alles wird, dann glaube ich ihm das.

Barista für eine Nacht

Strophe:

Ich tu heut Nacht kein Auge zu
Du gehst mir nicht mehr aus dem Schädel
Wo ich geh und steh, bist du
Dein Wesen, dein Geschmack, so edel
Ich drück dich fester, als ich sollte
Wir wissen, es ist eine Sucht
Komm nicht drum rum, selbst wenn ich wollte
Herb deine Note, köstlich dein Duft

Pre-Chorus:

Lass mich Siebes Träger sein
Unter Druck entstehen Diamanten
Ich will kein Bier, ich scheiß auf Wein
(Uh uh, uh uh, kein Bier und keinen Wein,
denn ich bin)

Chorus:

Barista für eine Nacht
Du hast mich um den Schlaf gebracht
Pupillen groß

Latte art
Ich bin hellwach (hellwach)
Barista für eine Nacht
De'Longhi hat mich schwach gemacht
Lungo, Cortado, bin dein Aficionado
French Press mich
Hier und jetzt
Ich bin hellwach (hellwach)

Bridge:
Mein Herz steht in Flammen
Du vernebelst mir die Sinne
Aber ich reiß mich zusammen
Denn wir sind bei MediaMarkt drinne

Barista für eine Nacht
Du hast mich um den Schlaf gebracht
Pupillen groß
Latte art
Ich bin hellwach (hellwach)

Thermenhotel

MANCHMAL KOMME ich an meine Grenzen. Menschen sind ja unterschiedlich resilient, und die Grenzen eines jeden sind unterschiedlich schnell überschritten. Räumlich gesprochen: Usain Bolts persönliche Grenze liegt wahrscheinlich extrem weit entfernt, irgendwo in der Nähe vom Kepler-102-Planetensystem, meine liegt am Ortseingang Rüttenscheid.

Neulich war wieder so eine Phase, in der mir alles zu viel wurde. Spätherbst, die Arbeit türmt sich noch mal richtig auf, unbekannte Nummern rufen mich an, das Finanzamt will eine nachträgliche Vorauszahlung der Nachzahlung der Einkommensteuervorauszahlung. Ich stehe mit nassen Schuhen an der Brottheke und weine in meinen Roggen-Rabauken mit Käse. Ich kann nicht mehr, denke ich, und meine damit nicht nur das Schwein, das mich zwingt, beim Bestellprozess das Wort «Roggen-Rabauken» laut auszusprechen. Ich kann so ganz allgemein nicht mehr, es ist zu viel. Ich bin ausgelaugt, kein guter Gedanke entsteht mehr in meinem Kopf. Stattdessen fährt da ein Rauhaardackel in Latzhose Rhönrad auf einem brennenden Müllauto, und *Sandstorm* von Darude läuft auf Repeat. Ich arbeite nur noch, um die Steuern zu bezahlen, die ich gar nicht zahlen müsste, wenn ich nicht arbeiten würde. Oder so. Zahlen sind jetzt nicht unbedingt meine größte Stärke, Logik generell nicht, aber eine Sache weiß ich: Wenn ich nicht Urlaub mache, macht es jemand anderes.

Auf dem Heimweg muss ich mich aktiv davon abhalten, ein Reisebüro zu betreten. Die Verlockung ist da. In einem Reisebüro wird es einem so herrlich einfach gemacht. Man sagt: «Guten Tag, ich möchte verreisen.» Dann gibt man denen tausend Euro, und das war's. Das Hotel, der Flug, Aktivitäten, die ganze Arbeit wird einem abgenommen. Man spart sich locker fünfzehn Minuten Googeln. Die wiederum kann man dann anderweitig investieren, zum Beispiel in den Weg zum Reisebüro. Nein, Reisebüros sind wirklich eine tolle Sache. Ich kenne sogar eine Person unter siebzig, die regelmäßig den Service eines Reisebüros in Anspruch nimmt. Ich bin ein offener, weltgewandter Mensch, stets darum bemüht, meinen eigenen Horizont um die Ansichten und Wertvorstellungen anderer zu erweitern, mich selbst zu hinterfragen und dazuzulernen. Deshalb wollte ich von ihr wissen: «Warum googelst du nicht einfach selbst, du faule Sau?»

Die Antwort: «Beim Reisebüro habe ich einen *Ansprechpartner*.»

«Aha», sage ich. «Und hast du schon mal im Urlaub einen Ansprechpartner gebraucht?»

«Nein, bis jetzt nicht. Aber ich *könnte* jederzeit jemanden anrufen, wenn was ist.»

«Wenn WAS ist?», bohre ich feinfühlig nach.

«Wenn man zum Beispiel einen medizinischen Notfall hat.»

Ich stelle mir vor, wie ich mir irgendwo in der Atacamawüste in Nordchile beim Versuch, einem wilden Alpaka einen Seitenscheitel zu legen, ungünstig den Fuß verdrehe und mit verstauchtem Sprunggelenk zum nächsten Telefonmast humpele, um meinen zuständigen Ansprechpartner Udo Olschewski in Hürth-Kalscheuren anzurufen. Die Verbindung ist miserabel, ich kann ihn kaum hören und er mich auch nicht, aber das Reisebüro hat gesagt, wenn was ist, soll ich anrufen, also komme ich meiner Pflicht nach.

«Udo?», schreie ich, und mein Echo hallt kilometerweit durch die kargen Strauchsteppen.

«Was ist los?», brüllt Udo zurück.

«Ich hab mir den Fuß verdreht.»

«Ich hab kein Wort verstanden!», schreit Udo.

«Ich hab mir den Fuß verdreht! Wahrscheinlich verstaucht!», schreie ich noch lauter.

«Scheiße!», schreit Udo. «Am besten lässt du da mal bei gucken!»

«Ja!»

Dann Stille.

«Is' sonst noch was?»

«Nö!», brülle ich. «Bei Steffi und den Kindern alles okay?»

«Alles super!»

«Super!»

«Dann schönen Urlaub noch!»

«Danke, bis dann!»

Danach wäre ich nicht nur am Sprunggelenk verletzt, sondern auch noch heiser. Perfekt! Aus nachvollziehbaren Gründen entscheide ich mich also gegen ein Reisebüro und schmeiße zu Hause selbst die Suchmaschine an. Die Parameter sind klar: Buffet, schlechter Handyempfang, alle paar Stunden in moderat warmem Wasser sitzen. Mehr brauche ich nicht. Ich bin eine einfache Frau. Teneriffa wäre schön. Ich war noch nie da, aber alle, die schon mal auf Teneriffa waren, sagen das Gleiche: Da sind immer *angenehme 20 Grad*. Sommer wie Winter, ob es regnet oder schneit, auf Teneriffa sind immer *angenehme 20 Grad*. Meteorologin auf Teneriffa müsste man sein. Dann wäre ich jetzt auch nicht so ausgebrannt.

«Wie wird das Wetter diese Woche?»

«Angenehme 20 Grad.»

«Und nächste?»

«Auch.»

Ich liege gedanklich schon schnarchend am Playa del Médano, da treiben mir die Flugpreise die Tränen in die Augen. Natürlich. Es ist Winter, und auf Teneriffa sind es *angenehme 20 Grad*. Angebot, Nachfrage.

Ich wünschte, ich wäre ins Reisebüro gegangen. Die hätten zwar auch keinen günstigeren Flug gefunden, aber ich hätte einen kostenlosen Cappuccino bekommen, während sie mir den teuren Flug buchen. Die perfekte Milchschaumkrone auf dem Cappuccino hätte mich versöhnlich gestimmt, und ich hätte das mit dem Preis mal nicht so eng gesehen. Aber ich bin zu Hause, und meine Heizung tropft. Teneriffa ist gestorben. Also zumindest für mich, Teneriffa gibt es natürlich weiterhin, und da sind auch weiterhin *angenehme 20 Grad.* Nur halt nicht für mich.

Ich suche weiter, vergleiche, verabschiede mich von Ericeira, Portugal (zu viele deutsche ungeimpfte Hippies), und Cancún, Mexiko (zu viele Deutsche mit Magen-Darm-Problemen). Nach vielen Stunden der Recherche entscheide ich mich für einen Kompromiss, quasi das Beste aus allen Welten: ein Thermenhotel in Brandenburg.

Tag 1

Das Thermenhotel liegt *eher abgeschieden.* Das war von mir ja geplant und erwünscht, aber dass die Taxifahrt vom Bahnhof zum Hotel so viel kostet wie der Flug nach Teneriffa, hätte ich so nicht erwartet. Wie auch immer, jetzt ist Urlaub, und ich habe keine Zeit, mich zu ärgern. Ich habe nur insgesamt fünf Tage, um den Zustand der totalen Entspannung zu erreichen. Ich bin extra früh angereist, damit ich mich direkt nach dem Check-in nahtlos in die Salzgrotte gleiten lassen kann.

Am Empfangstresen werden mir ein Frottee-Bademantel und Plastikschlappen mit Hotel-Logo ausgehändigt, dann wünscht man mir gute Erholung. «Ebenso», wünsche ich. (Rauhaardackel, Rhönrad, brennendes Müllauto etc.)

Mein Zimmer ist das letzte Zimmer vor dem *Bademantelgang*, ein langer gläserner Flur im zweiten Stock, der das Hotel mit dem Thermalbad verbindet. Etwa fünfzig

Meter schlappt man da anmutig mit seinen Hotellatschen durch den Gang, völlig exponiert zu allen Seiten und dem Parkplatz darunter. Mein Bademantel ist mir mindestens zwei Nummern zu klein, ich werde also schon im Flur nackter sein als die meisten, im Bademantelgang dann sogar aus allen erdenklichen Perspektiven, von links, rechts und unten vom Parkplatz. Ansichten eines Clowns, aber untenrum. Sei's drum. Was in Brandenburg passiert, bleibt in Brandenburg. In der Thermenlandschaft ist es genau so, wie ich es mir erhofft hatte: warm, nass, kurze Wege.

Außerdem überall nur alte Menschen. In einem Schwimmbad perfekt, denn die machen keine Arschbomben und selten bis gar nicht Heavy Petting an den Massagedüsen. Die Wassertemperatur beträgt in acht von neun Thermenbecken über 33 Grad, ideal, wenn man sich über mehrere Stunden hinweg langsam schmoren lassen will wie eine in Spandex gewickelte Rindsroulade.

Außerdem gibt es ein *Heißbecken* mit extremen 38 Grad und direkt daneben ein *Kaltbecken* mit knackigen 18 Grad. Das Kaltbecken scheint niemanden zu interessieren, es ist immer menschenleer. Im dampfenden Heißbecken hingegen sitzen die grauhaarigen Dauerplanscher wie die Hühner auf der Stange, mit roten, aufgeplusterten Gesichtern und geweiteten Blutgefäßen, und zwar stundenlang am Stück anstatt der empfohlenen acht Minuten. Kein gesundes Maß, keine Impulskontrolle, nicht der Funke eines Optimierungswillens. Ich liebe sie alle. Hier gehöre ich hin.

Auf der zweiten Etage, der *Galerie*, hat man eine herrliche Sicht auf die gesamte Thermenlandschaft. Von oben sehen die Badenden aus wie siedende Knödel, die gerade ihren Garpunkt erreicht haben und deswegen schwerelos an die Wasseroberfläche gestiegen sind. Am Galeriegeländer steht eine Armee von schweren, ledernen Infrarotsesseln, auf denen man sich den unteren Rücken toasten lassen kann. Endlich mal was mit Wärme, denke ich und nehme erwartungsvoll Platz. Die Grenzen zwischen Wirbelsäulenentspannung und Verbrennungen ersten Grades sind allerdings fließend, wie ich merke, also stehe ich vorsichtshalber vorzeitig wieder auf.

Ein gläserner Würfel steht mitten auf der Empore, auf der Eingangstür steht *Salzinhalationskammer*. Nichts für mich, ich möchte keine Zeit in einer *Kammer* verbringen. Kammern wurden erfunden, damit das Entführungsopfer beim *Tatort Bochum* nicht sofort gefunden wird, sondern der Currywurst mümmelnde Kommissar Dombrowski vorher wenigstens noch eine Tür aufbrechen muss. Mit einer Currywurst. Oder wie er es nennt: Phosphatstange.

In eine Kammer geht man, um morgens um vier besoffen uneheliche Kinder zu zeugen. Kammern sind einfach nicht mein Ding. Als vernünftig denkender Mensch sollte man sich von Kammern fernhalten, es heißt ja auch nicht *Harry Potter und die Kammer der guten Laune*. Einen Teufel werde ich tun und in dieser Höllenklause Salz inhalieren.

In der Ferne erspähe ich den Ruheraum, das klingt wie Musik in meinen Ohren. Sehr ruhige Musik. Hier möchte ich die nächsten vier Stunden zünftig abdümpeln und lesen. Ich habe zum Glück einen belanglosen SPIEGEL-

Bestseller dabei, in dem eine fünfundfünfzigjährige Upper-Class-New-Yorkerin sich 400 Seiten lang dafür schämt, ihren Mann mit dem Statiker ihres Ferienhauses auf Cape Cod betrogen zu haben. Der Ruheraum ist menschenleer, ich schaue auf das Thermometer an der Wand und weiß sofort, warum: Raumtemperatur 30 Grad. Den anderen ist es wohl etwas zu kühl hier. Ich schlappe quietschend zu einer Rattanliege in der hintersten Ecke und lasse mich galant fallen. Paradiesisch, diese Ruhe. Hier kann man auch mal gut und gerne mit gespreizten Beinen einen fahren lassen, ohne danach unfreiwillig viral zu gehen.

Mein Buch entpuppt sich als richtiger *Pageturner*. Ich kann mich überraschend gut mit der Protagonistin identifizieren, einer millionenschweren Vierfachmutter in den Wechseljahren, die ihrem Sohn zum 16. Geburtstag einen Mehrfamilienwohnblock im East Village schenkt. Nach vierzig Seiten wird es dann aber merklich schwerer, das Buch mit meinen Händen aufrecht in die Höhe zu halten. Scheiß Hardcover.

Da ich ganz allein bin im Ruheraum, fängt mein Körper an, den Entspannungsturbo einzulegen. Meine Arme werden schwerer, die Lider klappen runter, ich fühle mich sediert von der warmen Schwimmbadluft, der Melange aus Sandelholz und Rheumasalbe. Mit offenem Mund und rasselndem Atem lasse ich mich gehen und betrete die Welt der Thermalbadträume. Ich stehe im Badeanzug auf einem kilometerhohen Turm über den Wolken und telefoniere mit meiner Steuerberaterin, als sich plötzlich unter meinen Füßen eine Luke öffnet und ich im freien Fall nach unten durch eine Tunnelrutsche stürze. Ich teile meiner Steuerberaterin stoisch mit, dass ich sie zurückrufe, dann lasse ich mein Handy in die Tiefe fallen und klemme mir den Badeanzug hinten zwischen die Arschbacken, um noch schneller zu werden. Ich schreie nicht, ich bin ganz ruhig und schieße in einem Affenzahn nach unten ins Nichts. Als ich zur Seite aus der Röhre blicke, sehe ich plötzlich Gülcan Kamps, die auf dem Rücken des Obi-Bibers parallel zur Rutsche Richtung Erde segelt und mich mit wilden Gesten darauf aufmerksam machen will, dass ich Schnittlauch zwischen den Zähnen habe. Ich ziehe ihr gerade als Zeichen der Dankbarkeit ein ganzes Blech ofenwarmen Bienenstich aus meinem Dekolleté, als ich plötzlich aufschrecke.

LIEBE GÄST—. WIR MÖCHT— SIE HERZLI—
EINLA— ZUM AQUAFITNESS. —M VIERZEHN
UHR
IM BEWEGUNGSBECK—. D—SER KURS IST FÜR
SIE KOSTENL—

Ein unsägliches Knacken und Fiepen reißt mich unsanft zurück in die Realität. Der Typ, der die Durchsage macht, klingt, als würde er IN meinem Ohr stehen und mir durch ein sechzig Jahre altes Megafon aus kaputten Heizungsrohren alle Hits von Scooter auf einmal entgegenbrüllen. Jetzt weiß ich auch, warum keine Sau im Ruheraum liegt. Die Lautsprecher sind kaputt. Ich schnaube. Ich weiß, dass das niemand hört, aber ich möchte jetzt einfach mal wütend schnauben, das ist mein gutes Recht.

Wenn man für etwas bezahlt und das funktioniert

dann nicht so, wie man sich das vorgestellt hat, dann darf man wütend schnauben, die Schnauberlaubnis steht in Deutschland IMMER in den kleingedruckten AGBs, sie ist einer der wichtigsten Eckpfeiler des Grundgesetzes. Ist es überhaupt ein Urlaub, wenn nicht wütend geschnaubt wurde? Ich richte mir den Bademantel, klemme mein Bumsbuch unter den Arm und schlappe aus dem Ruheraum. War eh viel zu kalt da drin.

Den Rest des Tages verbringe ich größtenteils im Außenthermalbecken, da bekommt man besonders viel für sein Geld geboten. Es gibt hier ganze vier verschiedene Möglichkeiten, sich ansprudeln zu lassen: An einer Seite kann man sich vom Beckenrand aus von zwei geschwungenen, baumdicken Chromstahl-Wasserhähnen mit einer grenzwertig harten und präzisen Fontäne den Rücken abkärchern lassen, die sich auf der Haut anfühlen wie der Mittelstrahl von Hulk. Es hat etwas von Häutung, aber auf eine gute, erfrischende Art. Mir soll es recht sein. Häute mich, Brandenburg.

Schräg gegenüber stehen die *Sprudelliegen*, ins Becken integrierte, mosaikgeflieste Liegen, auf denen man alle viere von sich strecken und sich von sehr vielen, sehr kleinen Düsen flächenübergreifend von Hinterkopf bis Ferse leicht ansprudeln lassen kann. Es hat noch keine Massagewirkung, es ist eher ein leichtes, nerviges Kitzeln. Das überflüssige Vorspiel des Thermalbadens, mehr nicht. Direkt gegenüber befindet sich die *Sprudelbank*, eine lange Sitzbank entlang des Beckenrandes. Darauf sitzend wird einem von hinten fast schon unangenehm stark der Rücken angesprudelt. Die Sprudelbank ist mit Abstand die beliebteste Sprudelstation im gesamten Becken. Die Rentner*innen sitzen dort Schenkel an Schenkel. Wird ein Platz frei, kommt schnell jemand Neues angehechtet, manchmal sogar mehrere Personen gleichzeitig, und dann wird ausdiskutiert, wer schon länger auf den Rückensprudel wartet. Eine ältere Dame fällt mir dabei schon nach kurzer Zeit auf: Ihr maritimer Tankini fließt locker um ihre wettergegerbten Schultern, die kurzen, auberginefarbenen Haare sind verdächtig trocken und in Form gestylt. Sie ist eindeutig öfter hier. Und zwar exakt hier, auf der Sprudelbank. Während ich mich auf einer der Sprudelliegen gegenüber wenig anmutig ausgestreckt ins Becken gleiten lasse und versuche, dabei den Kopf irgendwie über Wasser zu halten, schiele ich aus dem Augenwinkel zu ihr hinüber, und die Verhältnisse werden immer klarer. Die Tankini-Aubergine ist ganz oben in der Rückensprudel-Hackordnung.

Selbstgefällig thront sie vor der mittleren Düse und wird umgeben von ihrer Gefolgschaft, ihren Thermal-Lakaien. Vier weitere Kurzhaar-Birgits, die für sie die Stellung halten und ungebetene Gäste mit todbringenden Blicken vertreiben. Die Rückensprudelmonarchin redet laut und bestimmt, die anderen Birgits nicken immer wieder in ihre Richtung. Selbst mit einem unter Wasser geratenen Ohr kann ich von der anderen Seite des Beckens aus mühelos verstehen, dass sie pfälzisch spricht. War sie extra aus der Pfalz bis nach Brandenburg gereist, um sich den unteren Rücken ansprudeln zu lassen? Gab es einen deutschlandweiten Rückensprudeltourismus? Wahrscheinlich hat sie über ein Reisebüro gebucht. Ich lauere noch weitere zwanzig Minuten auf einen Platz auf der Sprudelbank, aber es ist nichts zu machen. Tankini-Aubergine und die vier Birgits blockieren das Ding, als bewachten sie mit ihren zumbagestählten Schenkeln den verdammten Schatz der Nibelungen.

Ich lasse mich weitertreiben. Vom Seitenrand des Beckens lacht mich sowieso schon länger dieser erbarmungslos schnelle, kreisförmige Strudel an. Wer sich einmal in die wild wirbelnden Wassermassen wagt, wird immer wieder in den donutartigen Kanal gerissen und ohne eigenes Zutun in einer Geschwindigkeit durch die Bahn gejagt, dass man sich schon vom Zusehen einen Drehwurm einfängt. Und das hat TÜV? Was in einem herkömmlichen Schwimmbad sicher als *abenteuerlich* eingestuft würde, wirkt im Kontext eines unschuldigen Ü60-Thermalbads wie ein Fallschirmsprung über einem eruptierenden Vulkan. Nackt, aus einem brennenden Flugzeug, ohne Fallschirm. Die grauhaarigen Dumplings im Strudel kichern und jauchzen bei dem vergeblichen Versuch, Runde um Runde den Strudel mit eigener Muskelkraft durch die schmale Kanalöffnung zum Becken zu verlassen. Teilweise ist auch gequältes Stöhnen zu vernehmen. Aber die Kraft des Stroms ist unerbittlich und reißt sie wieder in die Fluten.

Ich muss daran denken, wie ich im Alter von elf Jahren meinen fünfundsiebzigjährigen Opa im Panoramapark dazu überredet habe, mit mir auf dem *Flinken Fridolin* zu fahren. Der *Flinke Fridolin* war bei uns Teenagern Anfang der 2000er eine echte Ikone, der Pete Doherty des Südsauerlands. Eine völlig harmlos aussehende Achterbahn in Form einer grünen, fröhlichen Raupe mit einer dicken, gelblichen Nase. Die Raupe lächelte betreten und sah dadurch total high aus. Wahrscheinlich ging ich deshalb davon aus, dass es eine entspannte Fahrt werden würde. Mein Opa dachte das auch. Ich hätte ihn vielleicht vorher fragen sollen, warum er erst mit über vierzig den Führerschein gemacht hatte. Ihm wurde wohl schon beim Autofahren so schlecht, dass er sich auch bei kurzen Strecken immer mal wieder in die Seitentür übergab. Rückblickend kann ich jetzt nicht wirklich sagen, welcher Teil von ihm genau es an diesem Tag für eine gute Idee hielt, trotzdem eine Fahrt auf einer giftgrünen Achterbahn in Form einer bekifften Raupe namens *Flinker Fridolin* zu wagen. Wahrscheinlich keiner, wahrscheinlich war es eine externe Stimme, sehr wahrscheinlich sogar die einer elfjährigen Göre mit Topfschnitt, genervt von der Tatsache, dass es für sie mal wieder nur warme Orangensaft-Trinktütchen von Aldi gab und keinen pinken XXXL-Monsterslush mit Looping-Hartplastikstrohhalm. Während der gesamten Achterbahnfahrt vergrub mein Opa seinen Kopf nach vorne gebeugt auf seinen verschränkten Unterarmen und gab keinen Laut von sich. Ich hatte auch mit elf Jahren schon ein grobes visuelles Konzept von *Spaß* im Kopf, und das sah jetzt nicht unbedingt danach aus. Nach der Fahrt verschwand mein Opa taumelnd und wortlos im Wald. Wir sprachen nie wieder über diesen Vorfall.

Diese Erinnerung weckt in mir das Bedürfnis, in den Donutstrudel zu hechten, um die lebensmüden Rentner-Dumplings vor ihrem eigenen Schicksal zu bewahren. Aber wer bin ich, hier im Brandenburger Hinterland

Gott zu spielen? Wer abstrudeln will, muss auch selbstständig wieder rausstrudeln. Die Geschwindigkeit des Wasserstroms ist mir nicht geheuer. Ich traue mich nicht rein. Warum auch? Ich möchte nicht in einem fünf Meter breiten, mosaikgefliesten Thermomix auf Stufe acht im Linkslauf gedreht werden wie ein menschlicher Dattel-Curry-Dip. Ich will Erholungsurlaub machen! Da kann ich mir kein Adrenalin im Körper erlauben. Ich möchte hier meine Gliedmaßen in warmes Wasser hängen, gelegentlich stoffwechseln und den Ruhepuls einer Weinbergschnecke auf Valium erreichen, nicht mehr und nicht weniger.

Ich gleite durchs Außenbecken und fische Laubblätter aus dem Wasser. So viel Ordnung muss sein. Nach zehn Minuten habe ich das gesamte Außenbecken von gelben Platanenblättern und gefährlich stacheligen Kastanienhülsen befreit. Und ja, auch von Kieselsteinen, die ich mit meinen Füßen ertastet, zwischen den Zehen geklemmt aufgenommen und mir dann umständlich mit dem Fuß selber nach oben angereicht habe. Man sollte mir ein Denkmal der Erotik errichten. Oder ein Mahnmal. Während meiner kleinen, privat organisierten Reinigungsmaßnahme stelle ich fest, dass die Sprudelstationen im Becken so geschaltet sind, dass immer nur die zwei sich gegenüberliegenden Stationen gleichzeitig sprudeln. Die Hulk-Wasserhähne zusammen mit dem Höllenstrudeldonut, die Sprudelliegen zusammen mit der Rückensprudelbank von Tankini-Aubergine. Die übrigens immer noch keinen Millimeter ihres Postens freigibt. Resigniert schwimme ich zurück Richtung Innenbereich. Als ich das

Becken über die breiten Treppenstufen verlassen will, stolpere ich fast über einen wilden Berg Badelatschen, die vor dem Becken abgestellt wurden. Eine ganze Adiletten-Armada. Leise fluche ich vor mich hin, das muss doch jemandem aufgefallen sein, das gefährdet unser aller Sicherheit, alles muss man selber machen. Ich mache mich wütend ans Werk und ordne die Schuhe fein säuberlich in Reih und Glied der Größe nach an der Seite an, wo sie keine Aufforderung mehr darstellen, sich spontan das Genick zu brechen.

Nach dieser körperlichen Schwerstarbeit schnappe ich mir meine Sachen und schlappe durch den Bademantelgang zu meinem Zimmer. Mein Kingsize-Bett mit den glatten, cremeweißen Laken steht in der Mitte des Zimmers, und wir wissen, was als Nächstes passiert. Ich versinke in dem weichen Textilmeer und rolle mich in der großen, schweren Decke zu einem menschlichen Lahmacun zusammen. Dann seufze ich zufrieden und schalte den Fernseher ein. Ich liebe Fernsehen. Ich habe Menschen noch nie verstanden, die stolz darauf sind, keinen Fernseher zu besitzen. Zumal das bei den meisten nur bedeutet, dass sie stattdessen ihre Serien auf einem verschmierten Laptop mit 14-Zoll-Bildschirm glotzen und damit geradewegs auf eine Hornhautverkrümmung zubrettern. Und das alles nur, um den Eindruck zu erwecken, dass man den ganzen Tag in Robert Musils Spätwerk schmökert und dabei aus alten Eierkartons Pergamentpapier schöpft, während im Hintergrund ein barockes Fagott-Trio im antiken Grammofon knistert. Peinlich. Selbst Robert Musil hätte das gehasst. Wenn sein Mann ohne Eigenschaften eine Eigenschaft gehabt hätte, dann die, dass er Menschen peinlich fände, die aus Eitelkeit keinen Fernseher besitzen.

Fernsehen ist ein reines Vergnügen. Wer einen Fernseher besitzt, leitet sein eigenes kleines Kino und hat jederzeit Zutritt zu allen Sälen. Je größer ein Fernseher, desto besser. Mein Fernseher ist so groß, dass zwei ausgewachsene Speditionsfachmänner bei der Anlieferung Probleme hatten, nicht zu kollabieren. Sie hatten schweißnasse, kirschrote Gesichter und haben so laut geröchelt, dass ich im Kopf schon panisch alle Schritte der stabilen Seitenlage durchgegangen bin. Gott sei Dank haben sie überlebt, denn wenn ich die stabile Seitenlage an ihnen hätte durchführen müssen, wären sie definitiv gestorben. Aber sie haben es geschafft, und nur einer der Männer war danach den Tränen nahe und musste sich mein Handy ausleihen, um seine Frau anzurufen. Meine Einladung zu einem Fernsehabend haben die beiden ausgeschlagen.

Der Fernseher im Hotelzimmer ist enttäuschend klein, fast so, als würden die meisten gar nicht zum Fernsehen in ein Thermalbad in der wilden Natur Brandenburgs kommen. Versteh einer die Menschen. Ich zappe schnell die Tagesthemen und alle anderen Sendungen weg, die irgendwas mit der Wirklichkeit zu tun haben könnten, und lande auf dem hauseigenen Sender ThermenTV. Das ist es. Der Sender zeigt eine Slideshow von verschiedenen Fotos, die im Hotel und im Thermalbad aufgenommen wurden. Es ist genau das richtige Maß an Rausch, das meine müden Knochen jetzt noch ertragen können. Die Fotos schieben sich gemächlich ins Bild, von links nach rechts,

rechts nach links und dann wieder von links nach rechts, dazu läuft verschlafene Klaviermusik. Die Fotos habe ich auch schon im Internet gesehen, als ich die Reise auf der Homepage des Hotels gebucht habe. Ein glückliches Pärchen im Bademantel, das an der hauseigenen Bar mit Champagner anstößt, ein nackter Frauenrücken auf einer Massageliege, der von einer glücklichen Dame in Hoteluniform durchgeknetet wird, ein Silbertablett mit glücklichen, in Parmaschinken gewickelten Melonenschnitzen im Speisesaal. Dann wird es noch mal richtig spannend: Fotos der verschiedenen Thermalbecken werden der Reihe nach ins Bild geschoben. Das Außenbecken bei Tag, das Außenbecken am Abend, das Außenbecken bei Tag im Winter, das Außenbecken bei Tag im Winter, während eine Amsel über das Becken fliegt. Großartig, dass sie einem auf dem hauseigenen Sender zeigen, was man alles verpasst, wenn man den hauseigenen Sender schaut. Die Geschwindigkeit der Slideshow in Kombination mit der lähmenden Fahrstuhlmusik dudelt mich komplett ein. Ich denke, ich bin jetzt bereit, mich der Tatsache zu stellen, dass ich demnächst einschlafen werde. Um sechzehn Uhr dreißig. Das war aber auch ein anstrengender Tag. Davon werde ich mich morgen ausgiebig erholen müssen.

Tag 2

Morgens gibt's immer Buffet. Das wollte ich so. Pfannenfertiges Eifix-Großküchen-Rührei und eine breite Variation an Tiefkühl-Blätterteigteilchen zum Frühstück ist für mich der Inbegriff von Wellness. Schon meine Oma pflegte zu sagen: Ein guter Urlaub beginnt mit Sodbrennen. Ich setze mich an Tisch 4, den besten Tisch im Saal: nicht zu weit entfernt vom Buffet, aber auch nicht so nah, dass man Hans-Peter dabei beobachten kann, wie er den Zeigefinger zum Probieren in die Nuss-Nougat-Creme taucht. Kennen Sie diese Personen, die vor einem Buffet schlagartig alle jemals erarbeiteten Tugenden des zivilisatorischen Zusammenlebens über Bord werfen? Vernunft, Moral, Nächstenliebe, Hosen mit Knopf? Diese Person bin ich. Ich habe ja schließlich für das Buffet bezahlt. Für das *gesamte* Buffet. Rein rechtlich gesehen. Aber das ist ein Thema für meine Therapeutin. Und meine Anwältin.

An einem kleinen Tisch direkt neben den Konfitüren sitzt ein Herr um die sechzig, den Blick aufmerksam auf die anderen Hotelgäste geheftet. Er scheint die Lage im Blick zu haben. Nach ein paar Minuten steht er auf, läuft zielsicher zur angrenzenden Küchenschwingtür und murmelt einem herauskommenden Kellner etwas zu. Der Kellner nickt, der Herr setzt sich wieder hin und beißt in einen pinken Donut. Interessante Dinge gehen hier vor sich. Jedenfalls: Das Essen ist sehr gut und erfüllt seinen Zweck, mein Magen ist formschlüssig geladen, und ich bin gewappnet für einen langen Tag Hardcore-Entspannung.

Nach dem Frühstück drehe ich «meine Runde», so nennt man das ja, sobald man mehr als einmal denselben Pfad entlangläuft. Das ist überhaupt das Schönste, wenn man im Urlaub weiß, wo alles ist, und sich langsam so etwas wie eine Routine einstellt. Ich verreise nicht, um dem

Alltag zu entfliehen, ich verreise, um meinem Alltag die Welt zu zeigen.

Wichtig als erste Amtshandlung vor dem Baden: duschen! Unter dem drucklosen Strahl der Regenwalddusche rubble ich mir die letzten Reste meines natürlichen Säureschutzmantels vom Leib. Nun bin ich bereit. Ich verstaue mein Handtuch, den Bademantel und das Bumsbuch in einem der dafür vorgesehenen Körbe und schlendere Richtung Außenbecken. Es ist noch früh, kurz nach acht. Habe ich mir den Wecker gestellt, damit ich vor Tankini-Aubergine und den vier Birgits am Rückenstrudel bin? Schon möglich. Im Krieg und im Thermalbad ist alles erlaubt. Mit mir sollte man jederzeit rechnen.

Tatsächlich geht mein teuflischer Plan auf, Tankini-Aubergine und ihre Entourage sind noch nirgends in Sicht. Außer einem rundlichen Herrn mit Zwirbelbart ist niemand im Becken. Unerfreulicherweise sitzt er ausgerechnet auf der Rückensprudelbank, wo auch sonst? Aber es nützt ja nichts, wenn ich es jetzt nicht tue, werde ich nie in den Genuss des Rückensprudels kommen, und ich habe für den Rückensprudelgenuss bezahlt, also will ich ihn. Da kann mich auch die Tatsache nicht abschrecken, dass der Mann aussieht wie eine Mischung aus Horst Lichter und meinem alten Kunstlehrer vom Gymnasium, Herrn Mosch.

Die Legende besagt, dass Herr Mosch früher Herr Musch hieß und dann im Schulalltag schnell gemerkt hat, dass dieser Name seinem von Natur aus schon eher weichen Naturell nicht unbedingt zu mehr Autorität verhalf, deswegen ließ er seinen Namen hochoffiziell zu *Mosch* ändern. Ich weiß nicht, ob das wirklich stimmt, aber ich weiß, dass seine eigene Tochter auch in der Klasse war und er ihr zu Hause regelmäßig geholfen hat, Bilder für den Volksbank-Wettbewerb zu malen. Unnötig zu erwähnen, dass sie jedes Jahr gewonnen hat und immer eine Eins in Kunst bekam. Ich dagegen habe schon in der DRITTEN Klasse eine Vier auf ein Kunstbild kassiert, bei dem wir viele kleine Zeitungsschnipsel grün anmalen und zu einem Dinosaurier zusammenkleben sollten. Begründung meiner Lehrerin: Mein Stegosaurus hatte zu dicke Beine. Welche Lehrperson gibt einer neunjährigen eine VIER auf ein mühsam selbstgemachtes Kunstwerk und fatshamed einen *Dinosaurier*? Überhaupt ist es überraschend frech für eine Grundschullehrerin aus Netphen-Eckmannshausen zu behaupten, sie wisse, wie dick oder dünn die Beine eines Stegosaurus waren. Man hat ihre KNOCHEN gefunden, nicht ihre Skinny-Jeans!

Der Rückenstrudel kommt mir gerade recht. Ich nicke dem Herrn höflich zu. Er knurrt: «Morgen», dann schwinge ich mich auf die Bank. Es ist paradiesisch. Ich bin im Himmel, und der Himmel ist in Brandenburg. So sitzen der Mann mit Zwirbelbart und ich einige Minuten schweigend nebeneinander und genießen den perfekt temperierten Wasserstrahl am unteren Rücken. Ein intimer Akt, den ich eigentlich lieber nicht mit Fremden teilen würde, aber Zwirbelbart scheint mich in Ruhe zu lassen, also versuche ich zu entspannen. Eine meiner guten Eigenschaften ist, dass ich keinerlei Probleme damit habe, Stille unter Fremden zu ertragen. Ich empfinde sie nicht als unangenehm oder peinlich. Ich finde das Gegenteil von Stille unter Fremden unangenehm und peinlich. Ich möchte nicht mit Fremden über Alltägliches sprechen, die Gespräche sind fast immer belanglos und behäbig, ich lerne dabei selten etwas Neues oder Interessantes. Bei Smalltalk mit Fremden geht es nur darum, die Stille auszumerzen, als wäre sie eine krankheitsübertragende Stechmücke mit zwölf Beinen und nicht das anmutige Einhorn mit Silberschweif, das sie tatsächlich ist. Stille ist doch überhaupt die beste Erfindung von allen. Wenn die Leute öfter still wären, müsste ich mir jetzt nicht in Brandenburg den unteren Rücken ansprudeln lassen.

Zwirbelbart macht bisher alles richtig. Er hält Abstand, glotzt nicht und schweigt. Sicher eine halbe Stunde vergeht, bevor sich jemand von uns überhaupt regt. Als es anfängt, auf unsere Köpfe zu nieseln, rümpft er die Nase und seufzt. Dann setzt er sich in Gang und schiebt sich galant von der Bank. «Mir reicht's», murmelt er. Im Weggleiten nickt er mir kurz respektvoll zu, verschwindet im Innenbereich und lässt mich allein im Regen zurück. Sofort vermisse ich ihn. Wir waren doch Kumpanen. Sicher, das war keine feste Sache, aber wir waren einander immerhin für mehr als dreißig Minuten großartige Gesellschaft. Wir saßen nebeneinander im Wasser, als wäre alles geklärt. Alles konnte, nichts musste. Kurz denke ich darüber nach, ihn zu suchen und zu bitten, zurückzuschwimmen und sich wieder neben mich zu setzen. Ich frage mich, ob er alleine hier ist. Er hat rein gar nichts von sich preisgegeben.

Ich denke, ich muss das mit dem Smalltalk zurücknehmen. Ich WILL Smalltalk führen, aber nur mit Menschen, die keinen Smalltalk mit mir führen wollen. Ich will jetzt sofort alles über Zwirbelbart wissen! Wo kommt er her, warum hat er nicht das Bedürfnis, mit mir über das Wetter zu reden, was fährt er für ein Auto, hat er einen Hund, und wenn ja, wie heißt er, und hat der auch einen Zwirbelbart? Ich seufze und lasse mich auf dem Rücken durch das Becken treiben. Es nieselt mir kalt ins Gesicht, und ich schließe die Augen.

Der Druck zu entspannen wächst. Dieser ganze Ort schreit förmlich: ENTSPANN DICH, DU SAU! Ich bin in der Bringschuld, meinem Körper jetzt innerhalb dieser fünf Tage die Entspannung zu liefern, für die er bezahlt hat; und das macht mich ganz nervös. Was, wenn ich versage? Das Becken füllt sich, schon bald werden Tankini-Aubergine und die vier Birgits wieder ihr Revier markieren, die Zeit arbeitet gegen mich. Ich muss mich mehr entspannen, besser entspannen, schneller entspannen. Und ich muss Zwirbelbart finden. Entschlossen schwimme ich zur Treppe und marschiere in den Innenbereich. Es ist immer noch wenig los, nur die Thermal-Ultras sind schon da, mir stehen also alle Möglichkeiten offen. Aber ich weiß selbst nicht, wonach mir ist, heiß, kalt, Salz, Dampf ... irgendwie begeistert mich heute nichts davon.

Als ich so dastehe und überlege, fällt mein Blick in die kleine Kammer der Bademeisterin. Da die gerade die Liegen auf der Galerie zurechtrückt, sehe ich mich schamlos um. Hinter einer Plexiglasscheibe steht ein kleiner Schreibtisch, darauf stapeln sich Dokumente. Was braucht man als Bademeisterin für Dokumente? Sind die wasserdicht? Gleich daneben steht ein uraltes Mikrofon,

Typ Supermarktdurchsage, was mich sofort an die kaputten Lautsprecher im Ruheraum erinnert. Ohne länger nachzudenken, greife ich zu einem Werkzeugkasten, der neben der Heizung steht, und mache mich auf den Weg. Ich bin nicht nur audiophil, sondern auch die Schwester eines Elektrotechnikers. Mein Bruder hat mir zwei Dinge schon früh beigebracht: Erstens, um einen Streit um die Fernbedienung zu beenden, ist *Brennnessel-am-Arm-Machen* ein probates Mittel; und zweitens, bevor man einen kaputten Lautsprecher entsorgt, sollte man zuerst die Frequenzweiche überprüfen und im Zweifel die Spulen und Widerstände noch mal nachlöten. Nachlöten wird generell unterschätzt. Für den Fall, dass ich spontan etwas nachlöten muss, habe ich deswegen im Alltag nicht nur meinen Lötkolben, sondern auch ein Multimeter dabei, um anschließend die Signale der einzelnen Bauteile überprüfen zu können.

Natürlich hatte ich mein Multimeter auch mit ins Thermenhotel genommen, aber am Drehkreuz zum Bad haben sie nur das schwarze und das rote Kabel aus meiner Bademanteltasche baumeln sehen und mich gefragt, ob ich einen Sprengsatz bei mir trage. Das Gespräch hat sich dann in eine komische Richtung entwickelt, als ich nicht sofort verneinte, sondern anmerkte, dass ich das jawohl *auf keinen Fall* zugeben würde, wenn ich einen Sprengsatz dabeihätte, sondern mir schnell etwas anderes ausdenken würde, zum Beispiel ein elektrotechnisches Messgerät wie ein Multimeter.

«Und was ist das jetzt in Ihrer Tasche?», fragte die Dame am Drehkreuz aufgebracht.

«Na, ein elektrotechnisches Messgerät, ein Multimeter.»

Der Hotelmanager wurde eingeschaltet und eskortierte mich auf den Parkplatz, ein gängiger Vorgang bei Terrorverdacht: Hauptsache, ich explodiere nicht direkt im Schwimmbad, sondern ein paar Meter daneben. Ich stand sicher fünf Minuten im Bademantel mit dem mir fremden Mann auf dem Parkplatz, und der kalte Herbstwind wehte mir um die nackten Waden. Er wusste nicht recht, ob es schon angebracht war, die Polizei einzuschalten oder nicht. Auch er schien es allerdings für wahrscheinlicher zu halten, dass ich eine Bombe bei mir trage als ein Multimeter, denn er zuckte ängstlich zusammen, als ich das Gerät aus der Tasche zog, um es ihm zu zeigen.

«Darf ich fragen, warum Sie ein Multimeter mit in ein Thermalbad nehmen?», fragte er, als er das Gerät fassungslos an sich nahm, um es auf Unschädlichkeit zu überprüfen.

«Für nach dem Nachlöten», antwortete ich knapp, und er schüttelte konsterniert den Kopf, fragte daraufhin aber nicht weiter nach. Er wies mich an, das Multimeter auf meinem Hotelzimmer zu verstauen und während meines Aufenthalts nicht mehr bei mir zu tragen, um keine Gefahrensituation auszulösen; und ich tat, was er sagte, denn mir war wirklich kalt.

Obwohl ich nun also ohne mein geliebtes Multimeter auskommen muss, gelingt es mir, den Lautsprecher mit wenigen Handgriffen zu reparieren. Nach zwanzig Minuten läuft alles wieder wie geschmiert, bei der nächsten Durchsage ist kein Knacken und Fiepen mehr zu hören.

Ich klatsche zufrieden in die Hände und packe mein Werkzeug zusammen, als sich eine kleine Frau, die mir vorher gar nicht aufgefallen war, von ihrer Liege erhebt. Die Kapuze ihres Bademantels hat sie weit über den zierlichen Kopf gezogen, ich kann ihre Silhouette nur erahnen.

«Die Tür zum Dampfbad schließt nicht richtig, können Sie sich die mal angucken?», fragt sie mich unheilvoll mit gesenktem Blick, sie wirkt auf mich wie eine Art Frottee-Darth-Vader. Ich brauche einen Moment, um zu verstehen, dass sie mich für eine Hausmeisterin hält. Ich könnte das hier und jetzt richtigstellen, müsste dann allerdings erklären, warum ich mit dem geklauten Werkzeugkasten der Bademeisterin auf eigene Faust den Lautsprecher im Ruheraum repariert habe.

«Natürlich», antworte ich deshalb, und die Kapuzenfrau nickt zufrieden. Dann führt eins zum anderen. Drei Stunden später habe ich die Tür zum Dampfbad geölt, ein sprödes Heizelement in der Infrarotsauna ausgetauscht und von einer Mitarbeiterin der Poolbar einen Generalschlüssel ausgehändigt bekommen, um im Maschinenraum ein defektes Ablaufventil zu reparieren. Ich hinterfrage das nicht, es ist jetzt ohnehin zu spät und zu peinlich, das Ganze noch aufzuklären. *Just go with the flow.* Die Leute denken, ich bin die Hausmeisterin, und wer bin ich, sie zu belehren?

Als ich fertig bin, ist es Nachmittag, und ich bin zu geschafft, um noch weiter thermalzubaden. Außerdem sehe ich jetzt überall nur die Arbeiten, die noch gemacht werden müssten. Auf dem kurzen Weg zurück zum Büro der Bademeisterin schiebe ich mit routinierten Handgriffen ein paar Liegen zurecht, hebe ein Haargummi vom Boden auf und falte zwei verwaiste Badetücher, anschließend schiebe ich den Werkzeugkasten unauffällig mit dem Fuß zurück neben die Heizung im Kabuff. Dann verschwinde ich auf meinem Zimmer und falle in die Art von Tiefschlaf, die nur hart arbeitende Handwerkerinnen kennen.

Erst spät werde ich wieder wach, aber pünktlich zum Abendessen. Meine innere Uhr ist perfekt auf Hauptmahlzeiten ausgerichtet. Im Speisesaal hat man nicht auf meine Ankunft gewartet, am Buffet ist die Hölle los. Mein Blick fliegt durch den Raum, und es wird schnell klar, dass kein einziger Tisch mehr frei ist, auch nicht mein geliebter Tisch 4. An dem sitzt nämlich nicht nur der mysteriöse Frühstücksmann, der dem Kellner heute Morgen geheime Zeichen gegeben hat, sondern auch Zwirbelbart. Ich muss keine Sekunde überlegen, ich laufe schnurstracks auf den Tisch zu und deute auf einen Stuhl.

«Ist hier noch frei?», frage ich erwartungsvoll und hoffe, dass Zwirbelbart mich von unserem gemütlichen Sprudelbanksitzen wiedererkennt.

«Natürlich», murmelt sein mysteriöser Freund, und ich setze mich. Die beiden beäugen mich skeptisch, während ein Kellner mir irgendein besonders gesundes Quellwasser einschenkt. Niemand spricht, ich knete nervös meine Leinenserviette, Zwirbelbart streicht sich durch den linken Bartzwirbel, während er mich weiter beäugt. Bevor die Situation ins Unangenehme kippt, muss ein Icebreaker her.

«Ich habe ein Multimeter in meinem Hotelzimmer», sage ich souverän. Ich kann's noch, denke ich, doch die zwei blicken mich nur fragend an. Also setze ich noch mal an.

«Sind Sie öfter hier?»

Schon besser.

«Ja», antwortet Zwirbelbart knapp, und ich fühle mich fast geadelt, dass er für mich in seinem Wortschatz kramt. Auch wenn es nur zwei Buchstaben sind. Zwirbelbart ist kein Mann großer Worte, das weiß ich schon seit unserer Sprudelbank-Session heute Morgen. Aber genau das schätze ich ja so an ihm.

«Können Sie was empfehlen?», frage ich die beiden und nicke zum Buffet.

«Kroketten, aber die sind gerade aus. Dauert noch fünf bis acht Minuten, bis neue kommen», sagt Frühstücksmann.

«Alles klar.»

Dann wieder Schweigen. Ich trinke einen Schluck gesundes Quellwasser, räuspere mich, trinke noch einen Schluck, rolle die Serviette zu einer Schnecke.

«Warum wissen Sie das so genau?», frage ich Frühstücksmann, denn ich will es wirklich unbedingt wissen.

«Sind Sie nicht die Hausmeisterin?», weicht er aus, und seine Augen verengen sich. Ich fühle mich augenblicklich in die Enge getrieben, ich weiß doch selber nicht, ob ich die Hausmeisterin bin. Einerseits nein, denn ich bin Autorin und hier, um Urlaub zu machen, andererseits habe ich heute die kaputte Sterndichtung eines Sechs-Wege-Ventils ausgetauscht.

«Sind Sie denn hier für das Buffet zuständig?», frage ich zurück. Jetzt fühlt er sich wiederum ertappt.

«Ich bin Logistiker», antwortet er mit Nachdruck.

«Im Ruhestand», ergänzt Zwirbelbart.

«Einmal Logistiker, immer Logistiker», erwidert Frühstücksmann. «Ich kann das nicht einfach abstellen. Wenn ich sehe, irgendwo muss nachgeladen werden, dann gebe ich Bescheid.»

Ich nicke. «So geht es mir mit dem Nachlöten.»

Frühstücksmann nickt. Wir verstehen uns. Er schiebt mir stumm seine Kanne Hagebuttentee entgegen, die wahrscheinlich schönste, freundschaftlichste Geste, die mir je von einer fremden Person entgegengebracht wurde. Gemeinsam genießen wir größtenteils schweigsam das Abendessen, Zwirbelbart gibt sich weiterhin geheimnisvoll, Frühstücksmann redet wenigstens gelegentlich mit mir. Die beiden bewegen sich mit einer beeindruckenden Routine im Speisesaal. Sie wissen, wann ein guter Zeitpunkt ist, um sich einen Nachschlag zu holen, und kennen das Personal beim Vornamen.

«Seit wann sind Sie hier?», frage ich.

«März», antwortet Frühstücksmann.

«Seit neun Monaten?», poltere ich entgeistert.

«Nicht März dieses Jahr. Seit drei Jahren und neun Monaten.»

Erst denke ich, er will mich verarschen, aber Frühstücksmann und Zwirbelbart entpuppen sich doch tatsächlich als zwei verwitwete Dauerthermenhotelgäste.

«Das Thermenhotel ist unterm Strich günstiger als ein Seniorenheim. Außerdem haben wir hier morgens und abends Buffet. Und das Schwimmbad.»

Ich kann es nicht fassen. Da ist er, der perfekte Entwurf

für den Lebensabend. Sofort frage ich mich, in welchem Hotel ich mal meine Rente verbringen werde. Wahrscheinlich im Themenhotel «Aeronaut» im Phantasialand. Je mehr ich darüber nachdenke, desto verlockender wird die Vorstellung, in einem Freizeitpark an der A 553 zu sterben. Dann fällt mir ein, dass ich selbstständig bin und wahrscheinlich niemals in Rente gehen werde, es sei denn, ich lande mit «Barista für eine Nacht» doch noch einen unerwarteten Welthit.

Als das Abendessen beendet ist, weiß ich immerhin, dass Frühstücksmann Jakub heißt und Zwirbelbart Heinz und dass die beiden sich im Wartezimmer beim Urologen kennengelernt haben. Seitdem sind sie beste Freunde, unzertrennlich, sind zusammen in den Urlaub nach Usedom gefahren, teilen sich ein E-Bike und haben ihre Zimmer im Hotel nicht direkt nebeneinander, sondern schräg gegenüber, weil Heinz starker Schnarcher ist. Das Schwimmen hält sie fit, aber es gibt auch ein Überangebot an Speisen, das gleicht sich also wieder aus. Als ich später wieder im Bett liege, bin ich selig. Frühstücksjakub und Zwirbelheinz haben mir einen Ausblick in eine ferne Zukunft gegeben, von der ich nicht zu träumen gewagt hätte. Die meditative Pianomusik auf ThermenTV wiegt mich sanft in den Schlaf, während ich von Hagebuttentee im Phantasialand träume.

Tag 3

Jakub und Heinz haben mir am nächsten Morgen einen Platz an Tisch 4 reserviert. Wir sind jetzt so was wie eine Gang. Jakub erzählt mir, dass er sich bei der Hotelleitung schon lange für den Kauf eines Butterspenders einsetzt, bisher ohne Erfolg. Zwirbelheinz liest Zeitung auf seinem Tablet und grummelt gelegentlich etwas vor sich hin.

«Heute ist Samstag, da kommen die Kinder», stöhnt er, ohne den Blick von der *Märkischen Allgemeinen* abzuwenden.

«Ist doch schön!», flöte ich und kassiere daraufhin von beiden fassungslose Blicke.

«Für die Kinder ja. Aber nicht für die Wasserqualität», zischt Zwirbelheinz.

«Oh», sage ich, daran hatte ich nicht gedacht. «Ich behalte das mal im Auge.»

Nach dem Frühstück führt mein Weg sofort in den Maschinenraum. Es kann nicht schaden, eine Wasserprobe zu nehmen und die Qualität der Suppe zu überprüfen, in die ich mich jeden Tag stundenlang selbst einlege. Vorher muss ich mir allerdings erst mal einen Überblick verschaffen. An das Labyrinth aus Pumpen und Rohren angeschlossen sind drei beschriftete Kanister: Chlor, Flockmittel und pH-Regulatoren. Ich sehe sofort, dass der Chlorkanister fast leer ist. Das kann nicht rechtens sein. Heute ist Samstag, da kommen die Kinder! Ich schaue mich im Raum um, kann aber nirgendwo einen Ersatz finden. Langsam bin ich sauer auf meine Angestellten, die ich nicht habe. Muss man alles selber machen?

Seufzend stapfe ich zurück auf mein Zimmer und checke auf meinem Handy die Busverbindungen, zwanzig Minuten später sitze ich im Bus zum Baumarkt. Was ich gern vorher gewusst hätte: Ein 25-Kilo-Chlorkanister wiegt 25 Kilo. Schon nach dem kurzen Fußmarsch vom Baumarktparkplatz zur Bushaltestelle bin ich so geschafft, dass ich mit dem Gedanken spiele, ihn aufzuschrauben und auszutrinken. Der Busfahrer muss mir beim Einstieg helfen, er fährt sogar extra die Rampe aus. Die anderen Fahrgäste glotzen mich an, als hätten sie noch nie eine junge, stark schwitzende Frau mit einem 25-Liter-Chlorkanister in den Bus einsteigen sehen. Ich bin froh, als ich zurück im Thermalbad bin, wo starkes Schwitzen nicht nur legitim, sondern ausdrücklich erwünscht ist.

Dank meines Generalschlüssels gelange ich unbemerkt durch den Hintereingang direkt in den Maschinenraum, dort schleppe ich mit letzter Kraft den Kanister an seinen Platz und ersetze den fast leeren mit dem vollen. Leider ist mein Chlor aus dem Baumarkt wohl von einem anderen Anbieter, denn der Schlauch zum Becken lässt sich nicht auf die Schrauböffnung drehen. Sei's drum, Flüssigkeiten finden ihren Weg, denke ich mir, und schiebe den Schlauch einfach so tief in den Kanister, bis er nicht mehr von selbst herausspringt. Das wäre geschafft. Zurück im Hallenbad, nehme ich eine gründliche Regenwalddusche und gönne mir dann eine vorgezogene Mittagspause im Kräuter-Dampfbad. Wahnsinn, wie gut man nach dem Chlorkanisterschleppen entspannen kann. Ich schließe die Augen und lehne mich an die warmen Fliesen, atme tief ein und lasse die Mischung aus Eukalyptus und Pinie durch meine Lungen strömen. Am Rande nehme ich wahr, dass eine Lautsprecherdurchsage ertönt.

Plötzlich wird es wuselig, die Halbnackten um mich herum verlassen das Bad, werfen mir einen alarmierten Blick zu, als ich sitzen bleibe. Ich schaue durch die Scheibe nach draußen, die Badegäste laufen kreuz und quer, hechten aus den Becken, Kinder schreien. Was geht hier vor sich? Jetzt nehme ich die Lautsprecherdurchsage bewusst wahr und muss mich selber loben: Eins-a-Klang, fast wie Dolby Surround! Aber mein Gefühl von Stolz ebbt schnell ab, als ich höre, was da gesagt wird. Das Bad wird evakuiert, chemische Gefahrensituation, alle müssen sofort das Gebäude verlassen und sich auf dem Parkplatz sammeln, erste Hilfe ist unterwegs. Ich verstehe nur Bahnhof, aber tue, was ich immer tue, wenn in einer Extremsituation die Sachlage unklar ist: Ich renne panisch der Masse hinterher. Draußen ist es natürlich wieder arschkalt. Ich bin erst drei Tage hier und stand schon zweimal in Badesachen auf dem Parkplatz.

Mit mir tummeln sich hier schon an die hundert Leute, alle in Badekleidung, manche von ihnen reiben sich schmerzverzerrt die Augen, andere haben flächigen, purpurroten Ausschlag an Armen und Beinen. Die Bademeisterin kommt mit einem Megafon.

«Heizdecken sind unterwegs! Fassen Sie sich nicht in die Augen!», brüllt sie.

«Was ist denn überhaupt passiert?», brülle ich zurück.

«Ein Chlorunfall!»

Oh.

Während bei mir langsam der Groschen fällt, sehe

ich Frühstücksjakub und Zwirbelheinz auf mich zukommen.

«Die machen den ganzen Laden dicht!», ruft Heinz aufgeregt. «Ich durfte nicht mal meinen Rätselblock mitnehmen. Das war der extra dicke mit über zweihundert Seiten!»

Ich kann den beiden nicht in die Augen sehen, denn mir wird bewusst, dass ich sie gerade obdachlos gemacht habe.

«Ich bin gleich wieder zurück!», verkünde ich und hechte zur Hotelrezeption, wo man überhaupt nicht erfreut ist, mich zu sehen.

«Bitte gehen Sie auf den Parkplatz zum Sammelpunkt», ruft mir ein gestresster Concierge schon von Weitem zu.

«Ich muss erst was wissen. Denken Sie, bis heute Abend kann man wieder ins Hotel zurück?»

«Nein.»

«Aber was ist mit Jakub und Heinz?», krächze ich.

«Wie bitte?»

«Wo sollen wir denn jetzt alle hin?»

«Da wenden Sie sich bitte an den Ansprechpartner in Ihrem Reisebüro.»

Jakub und Heinz wohnen jetzt bei mir. Es ist nicht perfekt, aber es ist vorerst eine akzeptable Lösung. Die beiden teilen sich mein Doppelbett, ich schlafe auf der Couch. Ich habe für Heinz ein Rätselheft abonniert und für Jakub den Butterspender bestellt. Abends gibt es Hagebuttentee. Ich fahre die beiden regelmäßig zur Prostatavorsorge, sonntags gucken wir Tatort. Es ist nicht das Leben, das ich mir für meine frühen Dreißiger vorgestellt habe, aber ich möchte die beiden nicht mehr missen.

Deutsche Städte als Strandtypen

OSNABRÜCK: Trägt Lichtschutzfaktor 50 am ganzen Körper, Sonnenhut mit Nackenschutz und langärmlige UV-Kleidung. Hat eine Tupperdose mit Butterkeksen dabei und geht nur mit Wasserschuhen ins Meer.

HAMBURG: Mietet für 2500 Euro einen Strandkorb für ein ganzes Jahr, bleibt aber nur eine halbe Stunde, weil es an der Außenalster schöner ist.

KÖLN: Hat Bier für alle im Bollerwagen und die ganze Zeit eine Erektion, ohne es zu merken. Auf der extrem lauten Bluetooth-Box läuft eine Cat-Ballou-Playlist mit viel Werbung dazwischen (kein Spotify Premium).

BERLIN: Wirft junge Leute von ihrem Handtuch und meldet Eigenbedarf an.

MÜNCHEN: Kommt nicht zum Strand, weil es kostenlos ist.

HAGEN: Pisst in den Sand und schläft dabei ein.

LEIPZIG: Spielt komplett nackt Badminton, während im Rucksack eingelegter Kohlrabi ausläuft.

MÜNSTER: Kommt mit dem Fahrrad, beschwert sich, dass es keine Fahrradparkplätze gibt, und nimmt das Fahrrad mit ins Meer, damit es nicht geklaut wird.

Therapie

JEDE DEPRESSIVE PERSON in Deutschland weiß: Wenn man einen Therapieplatz ergattert hat, dann hält man ihn fest wie den goldenen Schnatz. Unter keinen Umständen lässt man ihn fallen, im Gegenteil, man hegt und pflegt ihn und kuschelt sich ganz fest an ihn, damit er einen nie wieder verlässt. Nicht Antidepressiva holen Depressive aus ihrem Bett und auch nicht die Aussicht auf seelische Entlastung durch ein Therapiegespräch, sondern einzig und allein die Angst, den Therapieplatz zu verlieren, wenn man nicht erscheint.

Die Therapieplatzsuche in Deutschland ist eine Disziplin, die bei Olympia ausgetragen werden sollte. Um überhaupt in die Nähe einer Therapiemöglichkeit zu kommen, braucht man drei Dinge, die bekanntlich charakteristisch sind für Menschen mit einer mittelschweren Depression: Eigeninitiative, Tatendrang und Beharrlichkeit. Menschen, die sich in einer psychosozialen Abwärtsspirale befinden und seit fünf Tagen im Bett liegen, nicht sprechen und nicht duschen, lieben es, einer aufwendigen Recherchearbeit nachzugehen. Im ersten der vielen Schritte googelt man, wo in der Nähe es Therapieangebote gibt, anschließend geht man alle Praxen im Umkreis von fünf Kilometern online durch und bringt in Erfahrung, ob sie über freie Plätze verfügen. Das Ergebnis: Von den fünf Suchergebnissen informieren fünf schon auf ihrer Homepage mit mehreren Ausrufezeichen darüber, dass sie keine Kapazitäten haben und man sie «bitte nicht!!!» wegen eines Therapieplatzes kontaktieren solle. Natürlich. In einer Praxis für Psychotherapie ruft man ja in der Regel nur an, wenn man eine große Pizza Margherita mit Käse im Rand will oder die Heizung im Wohnzimmer tropft.

Das ist der Moment, in dem die durchschnittliche depressive Person das Handtuch wirft und sich wieder komplett auf die eigene Selbstaufgabe konzentriert, und zwar so lange, bis die ersten Haarsträhnen anfangen zu verfilzen. Wenn der Leidensdruck weiter wächst, wagt man womöglich noch einen weiteren, verzweifelteren Versuch. Man weitet das Online-Suchgebiet auf zehn Kilometer aus. Mit etwas Glück ist dann eine Praxis dabei, die einen nicht schon online direkt wieder zur Hölle schickt. Einen Termin über die Website kann man aber auch dort nicht machen, das wäre zu einfach. Einen Therapieplatz bekommt man nicht geschenkt, man muss ihn sich verdienen. Und zwar indem man persönlich anruft, denn Depressive lieben es, irgendwo anzurufen. Sie blühen förmlich auf, wenn sie eine völlig fremde, unfreundliche Person aus dem abgedunkelten Schlafzimmer heraus anrufen und sich für ihr eigenes Eingeständnis rechtfertigen dürfen, Hilfe zu brauchen.

Wenn man es aus der bitteren Not heraus tatsächlich über sich gebracht hat, in einer Praxis anzurufen, wird es spannend. Sollte man nicht sofort abgewimmelt werden, sobald man sein Anliegen vorgetragen hat, ist das ein sehr gutes Zeichen, und es besteht Grund zur Hoffnung. Im nächsten Schritt wird mit viel Fingerspitzengefühl die aktuelle psychische Verfassung abgefragt, die Sprechstundenhilfe blafft: «Wie schlimm is' es denn?» Dabei spart sie nicht an vorwurfsvollen Untertönen, die einem wenig subversiv vermitteln, dass es wohl kaum so schlimm sein kann, wenn man es noch schafft, in einer Praxis anzurufen. Und das wiederum ist dann der Moment, in dem man einer völlig fremden Person am Telefon seine Symptome verkaufen muss wie einen Bluetooth-Duschkopf bei einem *Die Höhle der Löwen*-Pitch. Jeder weiß: Jetzt gilt es. Bloß nicht geizen, das eigene Leiden nicht unter Wert verkaufen, denn es ist die Eintrittskarte in die Welt der Genesung, der wohlriechenden Bettwäsche und gekämmten Haare.

Die Logik des deutschen Psychotherapieplatz-Systems lautet wie folgt: Wenn du suizidal bist, bekommst du sofort einen Platz, und wenn nicht, dann musst du so lange auf einen Platz warten, bis du suizidal bist. Genial! Ich kann den Hype um unseriöse, autodidaktisch studierte Heilpraktiker*innen und selbsternannte Psycho-Coaches nachvollziehen, das Gesundheitssystem drängt uns quasi in die offenen Arme dieser Quacksalber.

Meine letzte Therapeutin hat mich nach sage und schreibe acht Monaten auf der Warteliste zu einem ersten Kennenlerngespräch eingeladen. Das sind zwanzig Minuten oberflächliches Geplänkel, in denen man als Patientin so tut, als hätte man eine Wahl und könnte es sich leisten,

Nein zu sagen, um dann noch mal acht Monate auf einen neuen freien Platz zu warten. Die Regeln sind klar: Man nimmt, was man kriegen kann. Der freie Markt regelt, denn er liebt die kaputten Menschen am allermeisten.

Bei diesem Erstgespräch hatte ich großes Glück, denn die Therapeutin entpuppte sich als außerordentlich kompetent und freundlich, aber nicht auf diese unangenehme «Dein inneres Kind braucht dringend eine kräftige Umarmung»-Freundlichkeit, sondern die «Ich lasse dir das gute Zeug verschreiben, und dann gucken wir, wie wir zusammen den Karren aus dem Drecksloch ziehen»-Freundlichkeit. Sie war die beste. Die Treffen mit ihr alle zwei Wochen waren eine der wenigen gesunden Konstanten in meinem Leben, und ich habe mich danach immer ausschließlich besser gefühlt.

Nach über einem Jahr unserer intensiven Beziehung kam dann der Knall: Sie offenbarte mir, dass sie umziehen wird. Einfach so. Ohne vorher zu fragen, wie es mir damit geht. Wäre es nicht eigentlich ihr *Job* gewesen, mich das zu fragen? Ja, ich habe kurz darüber nachgedacht, mit ihr mitzugehen, aber langfristig hätten mich die Ammergauer Alpen wahrscheinlich nicht glücklich gemacht. Jedenfalls tat ihr das alles schrecklich leid, aber ich war dennoch vor den Kopf gestoßen. So grausam hatte noch nie jemand mit mir Schluss gemacht.

Zumindest hatte bis dato niemand nach dem Schlussmachen verlangt, dass meine Krankenkasse ihm zum Dank noch Geld überweist. Nach all dem, was wir zusammen durchgemacht haben? Ich war fassungslos. Meine Wut schwang schnell in Panik um. Ich dachte sofort fieberhaft darüber nach, wo ich jetzt auf die Schnelle einen neuen Therapieplatz finden soll. Meine Therapeutin bot mir an, mich an eine Kollegin auf der anderen Seite der Stadt zu überweisen, die habe zwar eigentlich auch keinen Platz mehr frei, aber sei eine gute Freundin, und das wäre ein bisschen unter der Hand, wie das halt so läuft beim schmutzigen Handel mit der Ware Psychotherapie.

Ich willigte natürlich ein, ich bin ja nicht blöd. Mir war klar, dass es schwierig werden würde, mit der neuen Therapeutin genauso schnell warm zu werden wie mit der alten, aber als die Frau mir zwei Wochen später die Türe zu ihrer Privatwohnung öffnete und mich bat, die Schuhe auszuziehen, war klar, dass es zu einer hundertprozentigen Vollkatastrophe wird. Ich hatte keine Socken an, weil ich depressiv war und depressiv keine Wäsche wasche, also musste ich barfuß durch die Wohnung laufen. Die ganze «Praxis» war eine *red flag*. Das Therapiezimmer lag direkt neben dem Schlafzimmer, beide waren nur durch eine Milchglas-Schiebetür voneinander getrennt – ich konnte die ganze Zeit ihre Bettwäsche sehen!!! Es war keine normal große *red flag* wie bei Leuten, die einen ohne Ankündigung anrufen, sondern so eine mit hundert Metern Durchmesser, die bei der Fußball-Weltmeisterschaft von fünfzig rennenden Kindern in einer aufwendigen Choreografie auf dem Spielfeld ausgebreitet wird, sodass man sie von der ISS-Raumstation aus sehen kann.

Alles roch nach Räucherstäbchen, an den Wänden hingen Bilder und Skulpturen aus dem Themenfeld *Afrika*, es gab Klangschalen, Korbmöbel und Sitzkissen. Ich wusste sofort, nach dieser Therapie würde ich eine Therapie brauchen, um mich davon zu erholen. Ein vernünftig denkender Mensch hätte auf dem Absatz kehrtgemacht, die Schuhe wieder angezogen und wäre nach Hause gerannt. Aber ich hasse Rennen und brauchte dringend Therapie, also habe ich der Frau eine Chance gegeben.

Während des Kennenlerngesprächs merkte ich, dass es tatsächlich wichtig ist, ein Kennenlerngespräch zu führen, denn sonst heftet man sich für die nächsten Monate und womöglich auch Jahre an eine komplett verstrahlte Esoterik-Elke, die sich selbst als *ganzheitliche Medizinerin* beschreibt (rennt!) und neben ihrer Tätigkeit als Diplom-Psychologin auch noch *alternative Medizin* wie Chakren-Healing, Reiki und Radiästhesie anbietet.

Es gibt nicht ein einziges vorstellbares Szenario in meinem Kopf, in dem das eine Person sein könnte, mit der ich über mein Privatleben sprechen würde. Jemand, der Schüßler-Salze für eine wirksame Behandlungsmethode bei Panikattacken hält, hat für mich das Recht verwirkt, überhaupt mit mir zu sprechen. Sobald ich in ihrem (bedauerlicherweise sehr bequemen) Korbsofa Platz genommen und sie mir in einer aufwendigen Aufgussprozedur einen chinesischen Heiltee serviert hatte, stand für mich fest: Ich muss das beenden, und zwar bevor sie sich die Arbeit macht und sich vorstellt, ihre Arbeitsweisen erklärt und mich im schlimmsten Fall auch noch bittet, mich vorzustellen. Aber bei Gott, der Tee schmeckte gut. Ich hatte mich mit meiner Tasse barfuß auf die Couch gelümmelt, als wäre heute Cluedo-Abend in meiner Achter-WG. Und eins kann ich sagen: Esoterik-Elke hatte offensichtlich nicht viel Ahnung von evidenzbasierter Medizin, aber von der perfekten Raumtemperatur und bequemen Zierkissen verstand sie etwas. Ich konnte gar nicht anders, als sitzen zu bleiben, auf dieser himmlischen Couch, mit diesem köstlichen, wärmenden Tee in meinen Händen, und so zu tun, als hätten Elke und ich eine Zukunft.

Nach kürzester Zeit hatte ich vergessen, dass ich barfuß war. Elke lullte mich ein mit ihrer liebevollen Eindringlichkeit, wie sie bei gewöhnlichen Eso-Damen so üblich ist. Sie wollen dir direkt ans *Herz* gehen und dir mit ihren sanft gesäuselten ASMR-Stimmen den Verstand vernebeln, bis du glaubst, die Lösung für deine komplexen Bindungsängste wären bei Vollmond abgefülltes Mineralwasser und Akupressur. Es ist nicht das erste Mal, dass ich von einer unschuldigen Erscheinung heimtückisch hinters Licht geführt werde. Vor ein paar Jahren habe ich mir auf dem Weihnachtsmarkt Rudolfplatz mal von *Wahrsagerin Cassandra* für fünfzehn Euro aus den Händen lesen lassen, und sie hatte mir nach einem einzigen Blick auf meine Pranken prophezeit, dass ich an Diabetes sterben werde. Das Ganze hat exakt vierzig Sekunden gedauert, und Cassandra hatte die ganze Zeit über eine Kippe im Mund. Diese fünfzehn Euro hätte ich lieber in gebrannte Mandeln investiert, um an meinem Diabetestod zu arbeiten, aber ich konnte nicht anders. Scharlatane sind mein *guilty pleasure*.

Manchmal wünschte ich einfach, ich könnte die Prinzipien der Wissenschaft hinter mir lassen und mich irgendeinem mittelschwäbischen Kult anschließen, bei dem man sich in großen, holzvertäfelten Zentren trifft, um sich gegenseitig tasmanische Heilpflanzen durch die Nase zu schießen und anschließend im Wahn einer fremden Person das innere Kind auf den Schoß zu kotzen. Dann denke ich wieder daran, dass ich einfach *alles* an dieser Idee hasse, und es geht wieder. Elke stellte sich selbst vor, und ich biss mir währenddessen auf die Lippe, um nicht über die vielen alternativen Heilmethoden, die sie noch praktizierte, lachen zu müssen. Sie wäre anders als die anderen, und das müsse man mögen, so ehrlich war sie immerhin. Sie würde mich nicht als *Patientin* sehen, sondern als *Menschen.* Natürlich. Man kann nur krank sein *oder* Mensch. Dann kramte Elke ein Klemmbrett und einen Stift raus, und wir alle wissen, sobald irgendwo ein Klemmbrett im Spiel ist, wird es *wirklich* ernst. Zum Kennenlernen wollte sie sich gern einige Notizen zu mir und meinem aktuellen Zustand machen.

Ich wusste in dem Moment schon lange, dass das hier eine einmalige Sache bleiben würde und ich Elke danach nie wiedersehen würde. Also war ich in den kommenden zwanzig Minuten eine ehemalige Trapezkünstlerin vom renommierten Eifeler Wanderzirkus *Bravissimo*, die in der Generalprobe während der Übung «Dreifache Gazelle» nicht rechtzeitig von ihrem Partner aufgefangen wurde. Ich war zwar mit Ach und Krach auf einer Matte gelandet, habe aber seitdem mit starken Vertrauensproblemen zu kämpfen und kann nur noch mit offenen Augen schlafen. Elke gab sich alle Mühe, mich während meiner Erzählung nicht zu skeptisch zu beäugen und objektiv zu bleiben, und machte sich fleißig Notizen auf ihrem Klemmbrett.

Ich würde heute wirklich eine sehr hohe Geldsumme dafür bezahlen, um diese Notizen lesen zu dürfen. Nachdem ich dann noch meine gescheiterte Ehe mit dem notorisch fremdgehenden Feuerspucker und die Essstörung meines dreibeinigen Poitou-Esels Konstantin aufgedröselt hatte, war die Zeit zum Glück abgelaufen, und ich konnte mir wieder meine Schuhe anziehen.

Habe ich mich geschämt? Ja.

Habe ich trotzdem die ganze Packung von dem guten chinesischen Heiltee mitgehen lassen? Ebenfalls ja.

Esoterikerinnen beklauen ist für mich Bürgerpflicht. Ich gehe jetzt jedenfalls nicht mehr in Therapie. Aber ich habe ein extrem gemütliches Korbsofa.

Selbsttest

«BIN ICH EIN VAMPIR?»

ICH HABE ANGST VOR …

- ☐ Schwerer Krankheit
- ☐ Dem Tod
- ☐ Aioli

BEI BETTEN IST MIR WICHTIG …

- ☐ Dass die Matratze ergonomisch ist
- ☐ Dass die Laken immer frisch sind
- ☐ Dass der Deckel luftdicht schließt

MEINE LETZTE BEZIEHUNG GING IN DIE BRÜCHE, WEIL ...

- ☐ Jemand fremdgegangen ist
- ☐ Wir uns auseinandergelebt haben
- ☐ Ich Durst hatte

KINDER MÖCHTE ICH ...

- ☐ Unbedingt
- ☐ Eher nicht
- ☐ Schon, aber ich bin erst in 150 Jahren geschlechtsreif

WENN ICH IN EINEN STREIT GERATE …

☐ Versuche ich zu schlichten
☐ Beharre ich auf meinem Standpunkt
☐ Verwandle ich mich unauffällig in eine Nebelschwade

UM MICH SEXY ZU FÜHLEN, TRAGE ICH …

☐ Teure Unterwäsche
☐ Hohe Schuhe
☐ Den Umhang vorne offen

IN EINER BEZIEHUNG SOLLTE DIE ANDERE PERSON NICHT …

- ☐ Eifersüchtig sein
- ☐ Fleisch essen
- ☐ Über 75 000 Jahre jünger sein als ich

PEINLICH IST MIR, WENN …

- ☐ Mir eine Gruppe Happy Birthday singt
- ☐ Mein Hosenstall offen steht
- ☐ Ich im Sommerurlaub zu Staub zerfalle

ER/SIE IST EINE RED FLAG, WENN ER/SIE …

- ☐ Mich nicht ausreden lässt
- ☐ Nicht im Haushalt hilft
- ☐ Mir einen Holzpflock durchs Herz rammt

Am Strand

Salz im Auge
Sand am Bein
Creme mir mal den Rücken ein

Oma verbrannt
Das Baby schreit
Papa liest halb nackt die ZEIT

Eis geschmolzen
Schirm kaputt
Möwe hängt in Mamas Dutt

Äpfel braun
Melone lahm
Sprudelwasser schon lauwarm

Muschel im Fuß
Bikini zu klein
Feuerqualle klebt am Bein

Sonne blendet
Tablet leer
Cockerspaniel scheißt ins Meer

Langeweile
Schlechtes Buch
Woher kommt dieser Geruch

Handtuch vergessen
Wellen zu hoch
Opa findet liegen doof

Zu laut zum Schlafen
Zu heiß für Sport
Ich wär gern an 'nem andren Ort

Spanner glotzt
Hund frisst Leggins
Beim Nachbarn läuft *Imagine Dragons*

Schön zu sehen
Gut zu wissen
Am Strand geht's allen gleich beschissen

Sport

NEUERDINGS interessiere ich mich für Sport. Nicht für jeden Sport, das wäre zu zeitaufwendig und auch irgendwie affig. Joggen zum Beispiel interessiert mich weiterhin überhaupt nicht. Ich bin der Meinung, dass der menschliche Körper nicht dafür gebaut wurde, in Thermounterwäsche durch den Park zu rennen. Es gibt einen Grund, warum es *Schrittgeschwindigkeit* heißt, Gehen ist die Norm! Wer geht, der genießt. Wer rennt, der flieht. Wer joggt, der macht sich was vor.

Um sich zum Joggen zu motivieren, muss man einen Termin erfinden, der einem im Nacken sitzt, etwa: «In zwanzig Minuten musst du zur Wurzelbehandlung, beeil dich mit deinem Spaziergang!» Und dann rennt man an den normal schnell laufenden Menschen vorbei mit einer kurzen, weiten Hose über einer langen, engen Hose und hat Angst vor einer erfundenen Wurzelbehandlung.

Joggende Menschen joggen sogar mit Kinderwagen. Sie jagen ihr Neugeborenes mit 30 km/h über Kopfsteinpflaster, aber finden es «besorgniserregend», wenn es in der Kita dienstags Couscous gibt. Joggende Menschen müssen immer in Bewegung bleiben, sie stehen nicht, sie joggen auf der Stelle. Würden sie sich nicht permanent bewegen, hätte ihr Körper Zeit, Signale zu senden wie «HÖR AUF MIT DER SCHEISSE! ICH HASSE JOGGEN!» oder «AUA, AUA, DIE GELENKE!». Wer joggt, muss seine Herzfrequenz mit einer Smartwatch tracken, um sich regelmäßig zu vergewissern, dass er noch lebt. Denn wenn Jogger sterben, joggen sie nach Eintritt des Todes bis zu zwei Stunden im gleichbleibenden Tempo weiter.

Mit so etwas will ich nichts zu tun haben. Ich interessiere mich ausschließlich für Kraftsport. Seit zwei Jahren schon trainiere ich regelmäßig mit Kurzhanteln, ich bin inzwischen ein echtes Kraftpaket. Es gefällt mir, weil es simpel und wirksam ist und ich dabei *Bares für Rares* gucken kann. Im Prinzip mache ich die Arme hoch und runter, das war's. Meine Devise: wenig Einsatz, aber dafür auch keine sichtbaren Ergebnisse.

Dass meine Muskelmasse unter einer Speckschicht verborgen liegt, kommt mir mehr als gelegen: Sowohl mein Freundeskreis als auch meine Familie wissen nichts von meiner heimlichen Passion. Gut so. Zu groß ist die Angst, dass sie mich in Zukunft immer anrufen, wenn ein Umzug ansteht, weil ich ja «so gut schleppen kann». Für sie bleibe ich weiterhin die, die sich zu Beginn von Corona ein kleines, portables Laufband gekauft hat und es dann nach zwei Tagen lustig fand, das Ding auf den Küchentisch zu hieven, kleine Teller mit Thunfisch-Maki darauf zu platzieren und so zu tun, als säße sie im kleinsten Sushi-Restaurant Deutschlands. In Wirklichkeit aber habe ich mich vor Kurzem dabei erwischt, wie ich auf der Suche nach meinem Haargummi ein achttüriges IKEA-Pax-Schranksystem nur mit meinem Ringfinger angehoben habe. Ich bin ein heimlicher Hulk. Ich bin ehrlich, ich hatte mit vielem gerechnet, aber nicht damit, dass ich in der Mitte meines Lebens plötzlich anfange, Muskelareale im Oberarm richtig zu benennen. Aber jetzt ist dieser Lifestyle plötzlich da, und ich *embrace* ihn.

Wir Bodybuilder sind leider vielen Vorurteilen ausgesetzt: Wir wissen nicht, wo Europa liegt, sind total unbeweglich und haben wegen der vielen Steroide winzige Schrumpfhoden. Dabei tun wir doch niemandem weh! Gut, vielleicht ab und zu, vielleicht, wenn wir wegen unserer unkontrollierbaren Stärke die Türen zu heftig aufstoßen oder versehentlich auf einen Yorkshireterrier treten. Aber das ist selbst mir, einer erfahrenen Bodybuilderin, erst zweimal passiert.

Ich könnte jetzt behaupten, dass ich «nur fürs Gefühl» trainiere, als Selfcare-Maßnahme, oder um einem Gamingbuckel vorzubeugen, aber das ist nur die halbe Wahrheit. Tatsächlich habe ich ein sportliches Ziel. Die Haribo-Kastanienaktion. Seit Jahrzehnten tauscht die berühmte Goldbärenfabrik einmal pro Jahr ab Werk Kastanien gegen Gummibärchen im Tauschverhältnis 10:1. Für meine Bodybuilder-Community: Das bedeutet, dass man zehn Kilo Kastanien abgeben muss, um ein Kilo Gummibärchen zu bekommen. Kastanien sind also das braune Gold.

Wie es das Schicksal will, steht in unmittelbarer Nähe meiner Wohnung ein großer, prachtvoller Kastanienbaum. Es ist die Art von Baum, vor dem Ü60-Eltern stehenbleiben und rufen: «Boah! Was ein Kaventsmann!» Letztes Jahr habe ich dann beschlossen, auch ins Kastaniensammel-Game einzusteigen, denn wenn ich eins mehr liebe als Gummibärchen, dann sind das kostenlose Gummibärchen, und zwar die aus den schweren Fünf-Kilo-Säcken, die man kaum über den Parkplatz getragen bekommt, ohne sich irgendeinen Nerv einzuklemmen. (Also, andere Leute kriegen die nicht getragen. Für mich kein Problem, ich bin ja Bodybuilderin.)

Jedenfalls habe ich mich schon im frühen September bereit gemacht für «Operation Kastanie». Meine großen, blauen Möbelhaustüten lagen bereit, die Gartenhandschuhe warteten darauf, über meine kräftigen Muskelpranken gespannt zu werden. Ich beobachtete den Reifungsgrad der Kastanien täglich im Vorbeilaufen mit einem unauffälligen Blick in die Baumkrone. Eines Abends, ich saß gerade bei Kerzenschein in meinem Ohrensessel und las ein intellektuell forderndes Buch, lass es Tolstoi gewesen sein oder Cervantes oder ein Highschool-Sexroman vom Kaufland-Grabbeltisch, da ging die erste Kastanie zu Boden. Ich sprang sofort in meine Crocs, sprintete zum Baum und sammelte sie auf. Sie war rotbraun, groß und glatt, einfach wunderschön. Ich dachte bei mir: Warte erst, bis ich dich in 1,3 Gramm Haribo Pico-Balla umgetauscht habe, dann bist du noch schöner. Der Fund der ersten Kastanie machte mir bewusst, dass es jetzt jeden Moment losgehen würde. Ich brachte mich in Stellung, stand am nächsten Morgen um acht Uhr gottverlassen allein am Kastanienbaum. Wie eine Hundebesitzerin ohne Hund trottete ich durch den Herbstmatsch, im Gesicht zwei kleine Augen, in der Hand zwei große Tüten. Es brauchte einen guten Moment, bis meine Pupillen Kontakt zu meinem Morgenmuffelhirn aufgenommen hatten, doch dann registrierte ich es: Die Kastanien waren weg. Ein paar leere, stachelige Hüllen lagen noch im Laub, ansonsten war die Baumkrone leer gefegt, nackt wie ein Weihnachtsbaum Anfang Januar. Plötzlich wirkte der Baum auch gar nicht mehr so prachtvoll.

«WARUUUUUUM?», heulte ich laut auf. Tränen fielen auf meine Crocs. Da war wohl jemand vor mir da gewesen. Man hatte mich einer Jahresration Gummibärchen beraubt. Aber wer ist bitte vor acht Uhr auf den Beinen?

«Kinder», rief mir eine Passantin plötzlich von der anderen Straßenseite zu. «Die waren um sechs hier und haben alles leer geräumt. Das muss eine ganze Kita-Gruppe gewesen sein.»

Kinder. Aha. Ich, eine ausgewachsene Bodybuilderin, musste mich im Kampf um ein paar Kastanien gegen eine Gruppe 90 Zentimeter großer Stoppersockenwichte geschlagen geben. Aber ich hätte es mir denken können. Kinder sind flink, windschnittig und schon rein physikalisch näher am Boden. Mir war klar: Jetzt ist Kastanienkrieg.

Ich ließ mir noch am selben Tag beim Amt für Umwelt- und Naturschutz das Baumregister aushändigen, mit einer Übersicht über alle Kastanienbäume im Umkreis von zehn Kilometern. Dann kaufte ich im Internet ein gebrauchtes Nachtsichtgerät bei einem User namens «TornadoUwe76», mietete einen 2,8-Tonner und fuhr kurz nach Mitternacht von Baum zu Baum. Ein genialer Plan, denn soweit ich informiert bin, sind die meisten zwei- bis fünfjährigen Kinder um kurz nach Mitternacht nicht im Park neben dem alten Friedhof anzutreffen. Es sei denn, sie sind absolute Freaks.

Ich bin zum Glück *kein* Freak, und deswegen habe ich in dieser Nacht neunzehn Bäume und die angrenzenden Wiesen auf allen vieren mit meinem Nachtsichtgerät auf Kastanien abgesucht. Erfolglos. Die Kinder waren vor mir da. Die kleinen Scheißer hatten sich organisiert. Da wurde im großen Stil gearbeitet. Mafiöse Strukturen, Hintermänner, Drahtzieher, das volle Programm. Ich vermutete ein geheimes, unterirdisches Hauptlager unter dem großen Trampolin im Indoor-Spielpark, wo sie die Berge Kastanien mit ihren Bobbycars und Trettraktoren mit Frontlader hintransportieren und bis zur großen Umtauschaktion deponieren. Wahrscheinlich hatten sich die kleinen Kriminellen in der ganzen Stadt vernetzt, per Funk über ihre Babyfone und Tonieboxen verständigt. Nur ein paar einzelne, mickrige Kastanien hatten sie für arme Schlucker wie mich liegen lassen. Ganz schön skrupellos dafür, dass sie noch aus Schnabeltassen trinken.

Ich sammelte verzweifelt auf, was ich noch finden konnte, und sackte zu Hause erschöpft in meinem Ohrensessel zusammen. Sie hatten mich drangekriegt. Meinen Bizeps und mich geschwächt. An Tag X fuhr ich dann völlig desillusioniert mit einem einzigen Gefrierbeutel voll Kastanien zur großen Haribo-Umtauschaktion irgendwo im Norden von Rheinland-Pfalz. Auf dem Parkplatz wurde mir das Ausmaß der kriminellen Energie der Kinder erst richtig bewusst: Ganze Bollerwagen voll mit Kastanien ließen sich die arroganten Fipse von ihren Eltern über den Parkplatz karren, wissend, dass diese gleich mit einer ähnlich großen Menge feinstem Fruchtgummi gefüllt zurück zum Auto gezogen werden würden. Ich spürte sie, ihre mitleidigen Blicke auf meinem lumpigen Zipperbeutel. Die Arme, dachten sie, so groß und durchtrainiert, und doch hat sie nur so wenig Kastanien aufgesammelt, wie so ein Baby. Ich versuchte, vor den fiesen kleinen Oskars und Emilys die Fassung zu wahren, und habe auch fast gar nicht geweint, als meine Kastanien von der freundlichen Mitarbeiterin auf die Waage geschüttet wurden.

«Das ist alles?», fragte sie ungläubig und kniff mitleidig die Lippen zu einem Schmollmund zusammen, als ich nickte. Sie rundete großzügig auf 1,5 Kilogramm auf. An meine Bodybuilder-Community: Das waren umgerechnet 150 Gramm Haribo. Hundertfünfzig Gramm. Und dann habe ich auch noch ausgerechnet den Color-Rado-Mix bekommen mit dem ekligen Konfekt, der nach totem Opa schmeckt. Es war entwürdigend.

Nie wieder werde ich eine solche Farce über mich ergehen lassen. Ich komme wieder. Und ich habe meinen Trainingsplan optimiert. Der Schwerpunkt liegt jetzt auf der Mobilisierung der Hüfte und der Sprunggelenkstabilisierung. Mein Plan ist, nicht nur die Erste zu sein, die die Kastanien vom Boden aufsammelt. Ich werde die Kastanien direkt vom Baum pflücken. Ich werde der Natur zuvorkommen. Und allen Kindern. Die Vorkehrungen sind bereits getroffen, ich trainiere täglich ein bis zwei Stunden im offenen Gelände. An einer zwölfsprossigen Teleskopleiter simuliere ich an der Hauswand den Ernstfall.

Außerdem bin ich dabei, den Feind langfristig zu schwächen. Aushungern ist das Stichwort, wie im Römischen Reich. Ich kaufe seit Wochen sämtliche Quetschies-Bestände der Drogerien im Umkreis auf. Und ich habe auf allen Spielplätzen der Region die Schaukeln abmontiert, damit die kleinen Knilche keine Möglichkeit haben, ihre Muskeln, Bänder und Sehnen zu trainieren oder womöglich sogar ihren Gleichgewichtssinn zu schärfen. Ihr könnt mich nicht besiegen. Unterschätzt niemals die Willenskraft einer Bodybuilderin mit Verlangen nach fünf Kilo Haribo Pico-Balla.

Einrad

Pro:

- Keine Probleme bei der Parkplatzsuche
- Hat niemals mehr als einen Platten
- Macht Eindruck beim ersten Date
- Man hat die Hände frei für andere Dinge (z. B. sich selbst eine Kopfmassage geben)
- Wer Einrad fährt, kann automatisch jonglieren

Contra:

- Man kann seinen Crush nicht auf dem Gepäckträger mitnehmen
- Die Leute erwarten von einem, dass man jongliert
- Kein Platz für eine Klingel oder Hupe, deswegen muss man bei einem Hindernis selbst laut HUUP HUUUP schreien

MEINE ABSCHLIESSENDE MEINUNG ZUR

Gitarre

DIE GITARRE, das ist ein meist hölzerner Korpus mit Hals, der mit Saiten bespannt ist. Die Anzahl der Saiten ist komplett random, es geht eigentlich nur darum, ein Instrument zu spielen, das es einem erlaubt, oft das Wort «Saiten» in Gespräche einfließen zu lassen. («Mit ‹a›, nicht mit ‹e›!») Lange Zeit wurden Gitarrensaiten aus dem Naturdarm von Huftieren hergestellt. Richtig gehört, anmutige Rothirsche mussten sterben, damit Cordhosen-Stefan am Lagerfeuer drei schiefe Akkorde von «Kumbaya, my Lord» auf ihrem Dickdarm zubbeln kann. Doch das Spielen einer Gitarre birgt durchaus Vorteile: Anders als beim Klavier kann man sich beim Gitarrespielen mit den Beinen frei bewegen, zum Beispiel tanzen oder zu einem Musikgeschäft laufen, um sich ein cooleres Instrument zu kaufen.

Meine Meinung: Eine Gitarre spielt man nicht, man hängt sie sich an die Wand, und zwar so hoch, dass man nicht mehr ohne Kraftaufwand rankommt, aber noch so niedrig, dass sie in Online-Meetings im Hintergrund gut sichtbar ist und man dann auf die Frage, ob man denn Gitarre spiele, «Im Moment nich' so wirklich» antworten kann. In der Decke der Gitarre befindet sich das sogenannte Schallloch, eine meist runde Aussparung mittig im Korpus. Fälschlicherweise wird oft angenommen, dass das Schallloch der Erhöhung der Lautstärke dient, doch dem ist nicht so. Im Schallloch verstaut die Gitarre spielende Person ihre Utensilien wie Notenblätter, eine Slackline, Barfußschuhe, ein Stand-up-Paddle und einen Kumpel, der «echt fett Cajón spielen kann». Erstaunlich! Die Töne einer Standardstimmung der Gitarre sind E – A – D – G – H – E, diese Abfolge kann sich gut mit dem Merksatz «**E**KLIGER, **A**CHSELSTINKENDER, **D**OOFER **G**ITARRIST, **H**AB **E**RBARMEN!» eingeprägt werden.

Dinge,
die man sonst noch mit einer
Gitarre machen kann:

- Kricket spielen
- Einen Einbrecher niederschlagen
- Einem Einbrecher den Anfang von «Smoke on the Water» vorspielen

FAZIT: Die Gitarre ist wie Mundgeruch: Man selbst findet es geil, aber die anderen müssen darunter leiden.

MEINE ABSCHLIESSENDE MEINUNG ZU **Katzen**

IMMER WIEDER höre ich aus der Katzen-Community, dass Hunde «ein bisschen blöd» sind und nicht – wie Katzen – über «einen eigensinnigen Charakter» verfügen. Mit diesem bösen Vorurteil möchte ich aufräumen. Auch Katzen sind ein bisschen blöd. Zugegeben: Meine bisherigen Begegnungen mit Katzen waren allesamt völlig in Ordnung. Es gehört ein eiserner Wille dazu, sich neun Leben lang den eigenen Anus sauber zu lecken. Ich respektiere das. Aber deswegen direkt ein eigenes Musical? Prätentiös.

Katzen sind sassy. Sie nehmen sich erstaunlich viel raus, dafür, dass sie regelmäßig von Dritten entwurmt werden müssen, um lebensfähig zu bleiben. Sie töten Mäuse und Vögel, ohne sie danach zu fressen (Foodwaste), sie schlucken ihre eigenen Haare und formen daraus einen Ball, den sie auf den Teppich kotzen. Und das Schlimmste: Sie sehen dabei auch noch süß aus. Es gibt zwei Möglichkeiten, Katzen zu halten: als *Freigänger* oder als *Sofawurst*.

Entscheidet man sich für einen Freigänger, entscheidet man sich für ein Leben in Angst. Freigänger verschwinden für acht Tage und kommen dann mit Durchfall und einem abgebissenen Ohr zurück, als wären sie mit ihrer Death-Metal-Band auf Hallentournee gewesen. Arrogant, wie sie sind, lassen sie sich von Menschen eine eigene, kleine Tür in die Tür montieren, die sogenannte *Katzenklappe*. Ähnliches Prinzip wie bei der *Babyklappe*: Man weiß nie, wann es passiert und wie haarig es sein wird. Mit dem Katzenklappensystem haben sich Katzen in Deutschland Zugang zu einem gigantischen Netzwerk aus sechzehn Millionen Privathaushalten verschafft, die sie jederzeit betreten und verlassen können. Raubtiere? More like *Ausraubtiere*! Katzen klauen wie die Raben! Aber das ist nur meine Meinung.

Entscheidet man sich gegen einen kleinkriminellen Freigänger, bleibt einem nur die *Sofawurst*. Sofawurst-Katzen liegen den ganzen Tag wie ein Kringel Lyoner auf genau dem Polstermöbel, das auf keinen Fall für Haustiere gedacht war, und lassen sich schwer bis gar nicht bewegen. Mit der Sofawurst-Katze ist es wie mit der Frisur von Markus Lanz: Wenn sie einmal liegt, dann liegt sie. Sie schläft 22 Stunden pro Tag, die restlichen zwei Stunden denkt sie über das Schlafen nach. Sie reagiert weder auf Stimmen noch Berührungen, noch ein Erdbeben der Stärke acht. Da sie immer einfach nur daliegt, vergisst man irgendwann, wie alt sie ist oder wie sie heißt oder dass es sie gibt. Sie wird dann eins mit dem Mobiliar, und Gäste nicken, wenn sie sie sehen, und sagen: «Ach, ihr habt eine Sofawurst!» Und: «Wir hatten ja auch mal überlegt, uns eine zu holen, aber das beißt sich mit unseren Gardinen.»

KURZUM: Katzen können auf vielfältige Art und Weise enttäuschen. Das ist doch auch schön!

Coming-of-Age-Roman

ICH SOLLE doch unbedingt als Nächstes einen Coming-of-Age-Roman schreiben, das raten mir Bekannte, Verlagsschaffende und Britta, die pensionierte Bofrost-Frau meiner Mutter. Bücher über das Erwachsenwerden liest man immer gern, die kommen herrlich aus dem Leben, sind frech und unverblümt und verschenken sich so gut. Wir sind ja schließlich alle irgendwann mal erwachsen geworden, und wir sehnen uns in die Zeit zurück, in der wir Radiergummis noch «Ratzefummel» genannt und die elterlichen Ohrfeigen noch keinen Shitstorm in der *gentle parenting bubble* provoziert haben.

Ich sträube mich dagegen, dem dunklen Kapitel meiner Adoleszenz auch noch ein eigenes Buch zu widmen. Ich müsste schon sehr tief in die Fantasie-Trickkiste greifen, um den Jahren des Erwachsenwerdens etwas Positives oder wenigstens Erzählwürdiges abzugewinnen. Autofiktion ist deshalb keine Option. Ich müsste möglichst weit von mir weg schreiben, es völlig unwissend angehen, wie einen Mittelalterroman oder ein Sachbuch zum Thema «Darmverschluss ab 50». Kurzgeschichten verkaufen sich nicht, der reinste Ladenhüter, die Menschen wollen sich *committen,* mit den Protagonist*innen *mitgehen* und vor allem am Ende des Tages das Gefühl haben, ein richtiges, ganzes Buch gelesen zu haben, mit langen Sätzen und exotischen Buchstaben. Nicht zu gewollt sollte es sein, aber man sollte es schon wollen. Sorry an dieser Stelle!

Für alle, die sich schon seit über hundert Seiten grün und blau ärgern, weil sie dieses Buch in der Erwartung gekauft haben, die packende Geschichte über eine rebellische Borderline-Kleptomanin aus Ostwestfalen zu lesen, die sich auf der Bürotoilette ihrer Social-Media-Agentur in Paderborn eine Glatze rasiert, habe ich hier ein versöhnliches Angebot: die ersten Seiten meines Coming-of-Age-Romans.

ANSCHNALLPFLICHT / RESTERAMPE

Kapitel 1

Ich drücke meine Kippe nicht aus, denn ich brauche sie, um mir die nächste anzuzünden. Normalerweise habe ich immer lächerlich viele Feuerzeuge dabei, sie liegen auf dem Grund meines Eastpak-Rucksacks und machen bei jedem Schritt durch das Aneinanderschlagen kleine Plastik-Klackgeräusche, die mich daran erinnern, dass ich mal wieder eine rauchen könnte. Klack, Klack, Klack. Aber heute habe ich meinen Rucksack nicht dabei, denn es musste schnell gehen.

Meine Mutter hat gesehen, wie ich das Geld aus der Kaffeedose im Schuhschrank genommen und in meinen BH gestopft habe. Sie war so besoffen, dass sie wie der Teufel auf mich zugetorkelt kam, mit blinder Wut in den Augen, in einer Hand einen Esslöffel, in der anderen ein Senfglas, so eins mit Urmel-Motiv zum Sammeln, das sie gerade vergeblich versucht hatte zu öffnen. Im Fernseher lief wie immer viel zu laut Grey's Anatomy.

Dass meine Mutter inzwischen schon morgens säuft, ist tragisch, aber liefert mir auf der anderen Seite reichlich Stoff für meinen Coming-of-Age-Roman. Also werde ich mich nicht beschweren. An manchen Tagen reicht ihre Kraft nicht mal aus, um sich die Schuhe zu binden, und an den Tagen, an denen sie reicht, scheitert es dann meistens an der Motorik. Sie braucht bis zu fünfzehn Minuten für eine einzige Schnürsenkelschleife. GEOX, DER SCHUH, DER ATMET. Lustig, denke ich, selbst ihre Schuhe atmen, aber ich kriege kaum Luft.

Manchmal helfe ich ihr ungefragt beim Schuhebinden. Sie denkt, ich tue das aus Höflichkeit, weil ich ein reines Herz habe und sie mich gut erzogen hat, aber in Wirklichkeit kann ich ihren hilflosen Anblick nicht ertragen und will mich selbst erlösen. GUTEN TAG, GUTEN TAG, ICH WILL MEIN LEBEN ZURÜCK. Je eher die Schuhe gebunden sind, desto eher verlässt sie die Wohnung. Dann kann ich ihre Schubladen und Hosentaschen auf Münzgeld durchsuchen und mir mit ihrem Tabak genug Winfield-Kippen für den Tag drehen.

Heute war ich unvorsichtig. Ich brauchte eine größere Menge Geld, und das sofort. Jette und Bo, die eigentlich

Sabrina und Johannes heißen, aber für meinen Coming-of-Age-Roman unkonventionellere Namen verliehen bekommen haben, warteten unten im Innenhof auf mich. Ich wähnte mich in Sicherheit, denn meine Mutter war in der Küche mit dem Urmel-Senfglas beschäftigt. Als ich nach der Kaffeedose hinter den Winterschuhen griff, kam sie allerdings unvermittelt aus der Küche und sah sofort, was ich im Begriff war zu tun. Ich schaffte es noch, mir meine kamelbraunen UGG-Boots zu schnappen, und rannte barfuß aus der Wohnung, bevor sie mir das Urmel-Glas um die Ohren hauen konnte.

Jetzt bin ich also im Hochsommer mit Lammfellstiefeln unterwegs, ohne Rucksack und ohne die klackenden Feuerzeuge. Ich denke trotzdem unentwegt ans Rauchen. Für die erste Kippe habe ich mir am Bahnhof Oelde Feuer von einem Mittdreißiger mit Fischerhut geliehen, der mir währenddessen auf die Titten geglotzt hat, als würden ihnen drei Köpfe wachsen. Ich habe mich spontan an ihm gerächt, indem ich mir mit dem Anzünden meiner Kippe extra viel Zeit gelassen und die Flamme so lange habe lodern lassen, bis der metallene Aufsatz glühend heiß war. Dann habe ich ihm das Feuerzeug mit dem heißen Metall voran fest in die Handinnenfläche gedrückt und mich freundlich bedankt. ICH WÜNSCH DIR EINEN VIRUS, ICH WÜNSCH DIR DIE KRÄTZE AN DEN HALS. *Er hat es sich nicht anmerken lassen, aber ich bin mir relativ sicher, dass es zumindest kurz wehgetan hat.*

Seit dieser Begegnung vor zwanzig Minuten rauche ich Kette. Im Klo des RB 69 nach Bielefeld geht das noch gut, das Fenster lässt sich weit genug aufklappen, um das Handgelenk an der Seite bequem raushalten und abaschen zu können. Eigentlich hasse ich rauchen, es schmeckt, als würde man nach einem langen Tag an der A 4 lecken, aber als Protagonistin eines Coming-of-Age-Romans muss ich nervös sein und schlechte Angewohnheiten pflegen. Ich denke über weitere Laster nach. Ich komme immer zu spät, ich fahre schwarz, ich klaue bei Schlecker. VISIONEN GEGEN DIE TOTALE TELEVISION.

Ich denke an meine Schwester Natalie und habe sofort ein schlechtes Gewissen, weil ich sie zurückgelassen habe. Ich war immer wie eine Mutter für sie, die Mutter, die wir an Berentzen Apfel verloren haben, noch bevor Natalie ohne Stützräder Fahrrad fahren konnte. Ich war Natalies Stützräder. Jetzt muss sie ohne mich fahren. Während ich mir die nächste Kippe mit der Restglut der alten anzünde, hämmert es an der Klotür.

«So, einmal rauskommen jetzt», kläfft ein ungeduldiger Schaffner.

«Ich hab meine Tage, Mann!», rufe ich zurück. Mit Menstruationsblut können Männer nicht umgehen, das weiß ich, seit ich meinem Sportlehrer in der achten Klasse jede Woche im Schwimmunterricht erzählt habe, ich könne nicht mitschwimmen, weil ich meine Tage habe. Er hat nie hinterfragt, dass ich jede Woche meine Tage hatte. Er ist nur rot angelaufen und hat beschämt genickt, während er meinen Namen auf einer Liste abgehakt hat. Eine Menstruationsliste vielleicht? TAUSCHE BLÖDES ALTES LEBEN GEGEN NEUE VERSION.

Der Schaffner schlägt erneut gegen die Metalltür, dies-

mal grober. Ich werfe die Kippe genervt aus dem Fenster. Was für eine Verschwendung!

«Ich komm ja schon!», brülle ich. «Alter Sack!», fluche ich noch leise hinterher.

«Fahrschein?», poltert mir das tomatenrote Schaffnergesicht entgegen, als ich die Tür mit einem selbstbewussten Ruck zur Seite schiebe. Vor Wut hat er die Augen zu kleinen Schlitzen verengt, siegessicher, dass ich ihm jetzt ins Netz gehe.

«Hab ich nich'», antworte ich tonlos.

«Ausweis», schießt er zurück.

Ich prüfe meine Optionen. Tomatenschaffner versperrt mir den Weg nach links, im Gang rechts sitzt ein Kleinkind auf dem Boden und sabbert Butterkeksreste auf den Teppichboden. Meine schwitzigen Füße haben in den UGG-Boots keinen Halt, wegrennen ist nicht drin. Ich seufze und fische in meiner Tasche nach meinem Ausweis. Der Schaffner nickt zufrieden, als sein Blick immer wieder zwischen mir und dem Foto auf meinem Personalausweis hin- und hergeht.

«Ach nee, 'ne echte Hartwig», lacht er gehässig. Ich blicke an ihm vorbei nach draußen. Die Nachmittagshitze rauscht an uns vorbei, trockene Symmetrien aus Wiese und Getreide säumen den Horizont. «Wo soll's denn hingehen?», fragt er.

Mein Blick landet auf einem Fischreiher, der stoisch im Schatten einer Eiche ausharrt wie eine Plastikattrappe. Ich denke an Stützräder, an Klauen bei Schlecker, an Mamas Senfglas.

«Bukarest», sage ich.

Michael Bublé

(HAIKU)

Hey Michael Bublé
Bitte geh weg denn meine
Ohren tun mir weh

Reisen

ALLE, die schon mal einen gelben Umschlag vom Finanzamt im Briefkasten hatten, kennen es: Manchmal muss man einfach weg. Ich bin schon viel gereist in meinem Leben (Wangerooge, New Jersey, Bad Münstereifel) und kann deshalb aus einem reichen Erfahrungsschatz schöpfen. Hier kommen meine Tipps für eine stressfreie Reise:

Das Gepäck:

Richtig gepackt ist halb verreist. Ein guter Reisekoffer ist wie ein guter Wein: Ich schreibe mit Edding groß meinen Namen drauf, damit ihn niemand anderes mit nach Hause nimmt. Eine schöne Reise fängt schon beim Packen an, und deshalb sollte man auch diesen Part mit einer beschwingten Urlaubsvorfreude begehen. Machen Sie sich doch eine sommerliche Playlist an und trinken Sie ein paar Tequila-Shots, bevor es ans Einpacken geht! Ihre Urlaubsgarderobe wird so für den ein oder anderen Überraschungsmoment sorgen.

KOFFER: Ein Reisekoffer ist Ihre *Seele auf zwei Rollen*. Er behütet Ihre Unterhosen und zeigt Ihnen alle Kleider und kurze Hosen, die Sie sowieso nicht anziehen, auf einen Blick. Idealerweise packen Sie nicht ein, was Sie anziehen *werden*, sondern was Sie anziehen *würden*, falls Ihnen das ausgewaschene Basic-T-Shirt, das Sie sowieso jeden Tag tragen, vor Ort von einem gemeinen T-Shirt-Dieb vom Leib gerissen wird. So können Sie nachts gut schlafen und haben genug Textilien dabei, um im Falle eines Hotel-Großbrandes, bei dem sich alle an aneinandergeknoteten Kleidern aus dem Fenster abseilen müssen, das schönste und bunteste Seil zu haben.

Die Größe des Koffers richtet sich nach Ihrem individuellen *Spannmaß*. (Berechnung: Breite der Schulter in cm × Schuhgröße + Neigungswinkel der Ferse in Grad.) Sollte das Spannmaß bei Ihnen einen Wert von 15 000 deutlich übersteigen, verreisen Sie besser gar nicht mehr und verzichten in Zukunft auf kaliumreiche Lebensmittel.

Ich persönlich reise schon seit mehreren Jahren nur noch mit Handgepäck. Das wirkt cool und kosmopolitisch und hat auf keinen Fall etwas damit zu tun, dass mein richtiger Koffer seit einem Ryan-air-Flug 2019 in

Pro-Tipp:
Nie mit leerem Magen Koffer packen! Ich habe schon mal eine XXL-Heißluftfritteuse eingepackt und konnte sie während meiner Zwölf-Tage-Trekkingtour über das Kilimandscharo-Massiv überhaupt nicht gebrauchen.

Thessaloniki verschollen ist. Ein Hartschalen-Handgepäck-Trolley ist praktisch und lässt sich schnell und einfach schieben, ziehen und wenden. Er legt auch große Distanzen in kürzester Zeit zurück. Wenn ich am Flughafen ankomme, gebe ich dem Koffer schon an der Eingangstür einen kräftigen Schubs und warte dann einfach ab, was passiert.

Beim letzten Mal ist er von alleine durch den Security-Check gefahren und hat sich dann bei der Wiener Feinbäckerei eine Laugenbrezel mit Schnittlauch für 8,40 Euro gekauft (und passend gezahlt). Anschließend ist er zum richtigen Gate gerollt und hat dort am Schalter selbstständig ein Upgrade in die Premium Economy vorgenommen. Ich kann mich nicht erinnern, dass mein muffiger Mammut-Wanderrucksack mal so was von sich aus gemacht hätte!

Wer beim Packen Platz sparen will, rollt die Kleidungsstücke schon zu Hause zu kleinen *Kleiderwürstchen* zusammen. Je kleiner, desto besser! Hier gilt die Faustregel: Die Kleiderwürstchen haben dann die richtige Größe erreicht, wenn ein zweiteiliger Hosenanzug mit Unterwäsche und Socken problemlos in eine geschlossene Kinderfaust passt. So können Sie auch in einem kleinen Handgepäckkoffer problemlos bis zu sechshundert Kleidungsstücke unterbringen und haben dann noch Platz für Souvenirs.

Ein praktisches Tool zum Packen eines Koffers sind die sogenannten *Packwürfel*, also kleine Taschen, die der Modularisierung des Gepäcks dienen. So können Sie Ihre Kleider einteilen in «ZU KLEIN», «ZU GROSS» und

«PASST, ABER SIEHT SCHEISSE AUS». Das erspart Ihnen im Urlaub unnötigen Frust.

WEEKENDER: Ein Weekender ist eine zeitlos elegante, geräumige Henkeltasche, die ausschließlich von Männern getragen wird, die ihre Frau betrügen. Das hat Gründe: Die Größe der Tasche eignet sich vor allem für Kurz- und Wochenendtrips in abgelegene Konferenz-Hotels, und durch das lautlose Tragen an den Schulterriemen können die untreuen Hurenböcke nachts unbemerkt abreisen. Außerdem wirken Weekender durch ihr bauchiges Design und die kurzen Griffe mehr wie eine *Bowlingtasche*. Männer mit Weekendern wollen also den Eindruck erwecken, dass sie nur auf dem Weg zum Bowling sind, dabei wissen wir alle, dass der Strike heute Abend nicht auf Bahn 7 stattfinden wird. Sollte Ihr Mann sich kürzlich einen Weekender zugelegt haben, dann nehmen Sie die Beine in die Hand und rennen Sie! Wahrscheinlich betrügt er Sie – oder noch schlimmer: spielt wirklich Bowling.

BACKPACKER-RUCKSACK: Einen Backpacker-Rucksack tragen dünne Menschen, die gern mal wissen würden, wie es sich anfühlt, schwer zu sein. Um diese bewusstseinserweiternde Erfahrung machen zu können, fahren sie drei Stunden nach Köln und lassen sich bei Globetrotter von einer Backpack-Beraterin mit einem mit vierzig Kilo Blei beschwerten Rucksack im hauseigenen Tauchbecken versenken. Schaffen sie es aus eigener Kraft mit dem Rucksack zurück an die Wasseroberfläche, steht einer vierwöchigen Reise nach Südostasien nichts mehr im Weg.

Backpacker-Rucksäcke sind unheimlich geräumig. Umso wichtiger ist es, hier mit System zu packen. Die *wichtigen Dokumente* wie Reisepass, Versichertenkärtchen und Führerschein sind am besten ganz unten im Rucksack aufgehoben. So sind sie sicher vor einem Diebstahl und können nicht herausfallen. Gleich darauf sollten *Flüssigkeiten* und *Kosmetika* verstaut werden. So sind Ihre Snacks beim Auslaufen vor Feuchtigkeit geschützt. Jetzt kommen die *schweren Gegenstände* wie Schuhe, Laptop oder ein mittelgroßer Hund, für den man auf die Schnelle nicht alle nötigen Impfungen bekommen hat. Oben im Rucksack ist dann noch Platz für *Snacks* wie Müsliriegel, hartgekochte Eier und reichlich Imodium akut. Für *Kleidung* reicht es dann leider nicht mehr, am besten, Sie tragen alles übereinander am Körper. Echte Backpacker-Profis reisen sogar ganz ohne Ersatzkleidung; eine weit geschnittene Baumwollkarottenhose mit Elefantenprint reicht völlig aus, um sich im Ausland zum Obst der Woche zu machen.

Das Transportmittel:

FLUGZEUG: Eine Flugreise ist die Möglichkeit, sich über den Wolken mit melancholischer Klaviermusik auf den Ohren für seinen CO2-Ausstoß zu schämen. Wir fliegen buchstäblich durch den *Himmel* und verwandeln dabei den Planeten Erde in die *Hölle*. Das kann paradoxe Emotionen auslösen und zu Panik führen. Der Grund, warum viele Flugpassagiere an Bord zu *Tomatensaft* greifen. Der sorgt für einen *Druckausgleich* im moralischen Wertesystem und schmeckt so fad, dass das eigene Leben einem kurzfristig wieder spannend und intensiv erscheint.

ACHTUNG! Sollten Sie am Flughafen von einer fremden Person im Flüsterton gebeten werden, in Ihrem Koffer ein kleines, viereckiges Päckchen für sie mitzunehmen, sagen Sie laut und deutlich: NEIN! Übergepäck kann nämlich, je nach Airline, bis zu 50 Euro extra kosten.

Wer etwas umweltschonender reisen, aber trotzdem nicht auf die alten Käsebrotreste in der Spalte der kleinen Klapptische verzichten will, der fährt am besten mit der *Bahn.*

BAHN: Ich liebe Bahnfahren. Ich finde, es gibt wenig Schöneres als die Möglichkeit, mit 300 Kilometern pro Stunde an Niedersachsen vorbeizufahren. Wir sollten uns des Privilegs bewusst sein, dort nicht aussteigen zu müssen. Beim Bahnfahren müssen Sie generell wenig beachten. Seien Sie einfach irgendwann am Bahnhof, irgendein Zug fährt ja immer.

AUTO: Mit dem Auto in den Urlaub fahren ist immer ein bisschen wie ein Blowjob auf dem Wertstoffhof: So richtig genießen kann man es nicht. Während die Person auf dem Beifahrersitz schamlos mit ihren nackten Füßen Schweißschlieren auf der Armatur zieht und dabei mit offenem Mund zu ihrer selbst kuratierten Deephouse-Playlist schnarcht, muss man selbst die Konzentration wahren und sich mit Tempomat-versessenen Vierzigtonnern auf dem Mittelstreifen rumärgern. In regelmäßigen Abständen steht man stundenlang in diversen Staus, damit man noch mehr Zeit hat, darüber nachzudenken, warum es eine blöde Idee war, mit dem Auto anzureisen. Ich kann von dieser Variante der Anreise nur abraten. Verstopfen Sie nicht die Autobahn und lassen Sie das Auto stehen, Sie alle! Und zwar ganz besonders am 14. Juli auf der A3 Richtung Passau zwischen sechs Uhr dreißig und dreizehn Uhr. Danke!

Pro-Tipp:
Wenn Sie eine lange Strecke mit dem Pkw planen, machen Sie am besten vorher den Führerschein.

Die Unterkunft:

HOTEL: Ein Hotel ist ein Zuhause auf Zeit, also benehme ich mich dort auch wie in meinem eigenen Zuhause. Ich koche mir Instant-Ramen im Wasserkocher, stelle mich tot, wenn es an der Tür klopft, und höre beim Duschen Münchener Freiheit auf voller Lautstärke. Sollten Sie sich, anders als ich, auch gerne in den öffentlichen Räumlichkeiten des Hotels aufhalten, gibt es einige simple Regeln zu beachten. Vor Betreten der Hotellobby gilt: Schuhe aus! Wie würden Sie sich fühlen, wenn tagein, tagaus Hunderte Menschen mit Straßenschuhen durch Ihr Haus laufen? Außerdem empfiehlt es sich, ein Gastgeschenk mitzubringen. Ein mittelgroßer Strauß Wildblumen oder ein guter Wein genügen, auch Selbstgemachtes ist gern gesehen. Ein süßer Kompott oder herzhaftes Chutney ist das Mindeste. Das Gastgeschenk können Sie einer beliebigen im Hotel angestellten Person wortlos in die Hand drücken und sich anschließend kurz demütig verbeugen. Diese Geste der Anerkennung wird im Hotelfach weltweit geschätzt.

WOHNMOBIL: Das Reisen mit dem Wohnmobil ist wieder im Trend, und das völlig zu Recht! Die Vorstellung, mein eigenes Klo mit nach Sizilien zu nehmen, reizt mich schon seit Jahren. Ein Wohnmobil bietet nicht nur Komfort, sondern auch Flexibilität vor Ort. Wenn ich nach vier Tagen Portugal keine Puddingteilchen mehr sehen kann oder die Zeitverschiebung von einer Stunde mir zu sehr zu schaffen macht, steige ich in mein Wohnmobil und fahre wieder zurück nach Hause. Ich parke dann in der Nähe meiner Wohnung, weit genug, dass die Nachbarschaft meine Rückkehr nicht bemerkt, aber nah genug, dass ich nachts heimlich nach Hause schleichen kann, um ein Vollbad zu nehmen. Dank der Klimaanlage kann ich im Innenraum tagsüber für ein mediterranes Klima sorgen; und wenn ich abends die Tür des kleinen Kühlschranks offen lasse, rauscht es genauso schön wie in den Buchten der Algarve.

Fazit: Wer mit dem Wohnmobil reist, kann auf der Autobahn Schlagzeug spielen, Ostereier färben oder ein Schmorgericht für acht Personen zubereiten. Diese Fülle an Möglichkeiten macht mich fassungslos. JA zum Wohnmobil!

FERIENHAUS: Ein Ferienhaus ist die ideale Unterkunft für alle, die im Urlaub nicht darauf verzichten wollen, die Spülmaschine auszuräumen. Es ist wie das eigene Zuhause an einem anderen Ort, nur dass es ganz anders aussieht, die Miete doppelt so teuer ist und man die Töpfe und Pfannen nicht findet. In einem Ferienhaus weiß man generell erst am Tag der Abreise, wo alles steht und wie man den Fernseher bedient. Perfekt also für alle, die mal Urlaub davon brauchen, wie schön und unkompliziert es zu Hause ist!

Reisen in Deutschland:

Es muss nicht immer der Ferrari sein! Auch Deutschland hat einiges zu bieten. Es gibt hier eine Vielfalt an Destinationen, die es zu bereisen lohnt, von anderen wiederum würde ich Abstand nehmen. Ich möchte hier meine persönlichen Eindrücke von Orten aus beiden Kategorien vorstellen. Welche Stadt zu welcher Kategorie gehört, lasse ich an dieser Stelle bewusst offen.

Hamburg

Interessant: Auf einen Mülleimer kommen in Hamburg drei Milliardäre. Hamburg ist 1987 entstanden, als München morgens um vier besoffen ein Kind mit Flensburg gemacht hat. Aus Hamburg kommen viele schöne Sachen: Loki Schmidt, Pannfisch, Kokain. Denke ich an Hamburg, überkommt mich die unbändige Lust, in der HafenCity

Graffiti von Hausfassaden zu schrubben und einen winzigen Hund zu vermenschlichen. In Hamburg leben zu 50 Prozent Fernsehköche und zu 50 Prozent Männer mit Akustikgitarre, beide eint die Liebe zu Pannfisch und Kokain. Menschen aus Hamburg wollen dir «einen echten Geheimtipp» zeigen und fahren dann mit dir ins Industriegebiet von Meckelfeld-Ost. Ganz Hamburg ist erschlossen, es gibt nichts Neues mehr. Aus Langeweile reißen sie jetzt Neubauten ab und bauen darauf noch neuere. Ist Hamburg also wirklich so großartig wie sein Ruf? Ich sage: Jein! Ich habe aber auch eine Steppweste, ich bin befangen.

Köln

In Köln wohnen drei Millionen Autos, dazwischen parken eine Million Menschen. Nach zehn Jahren Erstwohnsitz in der Kalkwassermetropole am Rhein kann ich mit Fug und Recht behaupten, dass die Gottheit, die die Welt erschaffen hat, in dem Moment, als es um Köln ging, auf der Kloschüssel eingeschlafen ist. Die Stadt wird von Günther Jauch regiert, durch eine Art Exilregierung von Potsdam aus. Regeln gibt es eigentlich keine, extrem enge Straßen heißen hier «Breite Straße», neben dem Heumarkt befindet sich der Neumarkt, und die Stadtviertel haben Fantasienamen wie Bilderstöckchen, Zollstock, Nippes und Pampelmusenbusen. Köln ist zwar faktisch eine Großstadt, im Prinzip aber nur eine Ansammlung von sehr vielen Menschen aus der Eifel. Es herrscht eine allgemeine Grundeifeligkeit, es wird gebützt und geklüngelt, man belegt sein Brot mit daumendicken Goudascheiben und hupt ohne Grund. Ich würde mich immer wieder für Köln entscheiden!

Geheimtipp: Siegen

Siegen ist ein echter Geheimtipp unter den Geheimtipps. Wer das volle Ausmaß von dem, was die CDU anrichten kann, erleben will, der fährt ins Siegerland. Ich bin dort geboren und aufgewachsen, wohne seit über zehn Jahren nicht mehr in der Stadt, aber jedes Mal, wenn ich zurückkomme, herrscht immer noch Hochbetrieb bei *Nanu Nana*. Siegen ist genau für zwei Dinge berühmt: Peter Paul Rubens ist hier geboren, und Martin Semmelrogge saß hier im Knast. Beide haben sich das nicht ausgesucht. Mitten durch Siegen führt die HTS, eine Stadtautobahnbrücke, die sich quer durch das Landschaftsbild fräst. Die HTS wurde nur gebaut, damit immer am ersten Samstag im Monat darunter der Geisweider Flohmarkt stattfinden kann. Siegen ist auf Überdachungen angewiesen, weil hier extrem oft schlechtes Wetter herrscht. Dafür haben die Leute aber wenigstens auch schlechte Laune. Im Großen und Ganzen ist Siegen wie in einer Wanne Gurkenwasser sitzen: fragwürdig, aber auch erfrischend.

Selbsttest

«BIN ICH EINE POTENZIELLE VERSCHWÖRUNGSTHEORETIKERIN?»

MEIN GRÖSSTER TRAUM IST ES …

☐ Kontrabass zu lernen
☐ Ein Haus mit Pool zu besitzen
☐ Die erste Person auf dem Mond zu sein

ANGELA MERKEL IST …

☐ Kompetent
☐ Sympathisch
☐ Für einen Echsenmenschen gut angezogen

DIE GRÖSSTE GEFAHR AUF DEM PLANETEN ERDE IST …

☐ Die Überbevölkerung
☐ Die Klimakrise
☐ Dass man vom Rand runterfallen kann

BEIM SEX IST ES MIR WICHTIG, DASS …

☐ Das Licht ausbleibt
☐ Es ein langes Vorspiel gibt
☐ Ich den Aluhut anlassen kann

WÄHREND DER CORONA-PANDEMIE HABE ICH …

☐ Sauerteigbrot gebacken
☐ Häkeln gelernt
☐ Mit einem Stringtanga im Gesicht vor dem Bundestag demonstriert

DIE AKTUELLEN NACHRICHTEN BEZIEHE ICH ÜBER …

☐ Die Tagesschau
☐ Zeitungen und Nachrichtenmagazine
☐ Meine ehemalige Fußpflegerin Sabine auf Telegram

MIR FÄLLT EIN STEIN VOM HERZEN, WENN …

☐ Meine Stromrechnung niedriger ist als gedacht
☐ Ich einen Igel vor dem Erfrieren retten kann
☐ Nie, denn die Gravitation gibt es nicht

BILL GATES IST …

- ☐ Ein IT-Genie
- ☐ Ein langweiliger Milliardär
- ☐ Schuld daran, dass mein Oberarm jetzt bargeldlos bezahlen kann

MEINE LIEBLINGSMUSIK IST …

- ☐ Metal und Hardrock
- ☐ Alles, was in den Charts läuft
- ☐ Seit Avril Lavigne 2003 gestorben ist und von einem Double namens Melissa Vandella ersetzt wurde, höre ich keine Musik mehr

Interview
MIT JEMANDEM, DER IN EINER HÜPFBURG WOHNT

REPORTERIN: Herr Schneider, ich stehe jetzt hier vor dem Eingang Ihrer Hüpfburg, ja eigentlich mehr ein Schlupfloch in der aufblasbaren Vorderwand. Wie kommt es denn, dass Sie hier wohnen?

HERR SCHNEIDER: Also angefangen hat alles vor etwa zwei Jahren. Da hatten wir die Hüpfburg gekauft für den Kindergeburtstag von unserer Enkelin. Das kam super an! Ja, und dann bin ich halt am Tag nach der Party auf die Hüpfburg rauf. Ich wollte die eigentlich abbauen, aber dann hat das so Spaß gemacht ...

REPORTERIN: Sie sind auf die Hüpfburg rauf? Und sind dann gehüpft?

HERR SCHNEIDER: Ich bin dann gehüpft, jawohl.

REPORTERIN: Und das hat Ihnen so gut gefallen?

HERR SCHNEIDER: Genau. Das hat mir total gut gefallen, und ich bin dann viel gehüpft.

REPORTERIN: Und wieso sind Sie nicht mehr runtergekommen von der Hüpfburg?

HERR SCHNEIDER: Meine Frau kam nach ein paar Stunden und meinte, jetzt wäre aber wirklich mal Zeit, die Hüpfburg abzubauen. Die Nachbarn würden auch schon gucken.

REPORTERIN: Das wollten Sie aber nicht?

HERR SCHNEIDER: Richtig, ich hab gesagt, das seh ich gar nicht ein, ich will weiter hüpfen. Meine Frau meinte dann, sie gibt mir noch ’ne halbe Stunde. Tja, und aus der halben Stunde sind zwei Jahre geworden.

REPORTERIN: Und wie lebt es sich so in einer Hüpfburg?

HERR SCHNEIDER: Am Anfang war es natürlich gewöhnungsbedürftig. Wenn ich mich beim Schlafen drehe, wackelt es ganz schön. Manchmal vergesse ich auch, dass ich auf einer Hüpfburg bin, und springe aus Versehen. In meinem Alter nicht mehr ganz ungefährlich.

REPORTERIN: Und was sagt Ihr Umfeld dazu, dass Sie jetzt in der Hüpfburg wohnen?

HERR SCHNEIDER: Ein paar Leute wollen seitdem nichts mehr mit mir zu tun haben. Aber die meisten haben es eigentlich positiv aufgenommen. Viele kommen mich regelmäßig besuchen.

REPORTERIN: Lassen Sie die dann auch rein?

HERR SCHNEIDER: Teilweise ja. Aber nur mit Schuhe aus.

REPORTERIN: Ich verstehe. Hier im Umkreis hat es sich ja schnell rumgesprochen, dass Sie in einer Hüpfburg wohnen. Wie gehen Sie mit dieser Aufmerksamkeit um?

HERR SCHNEIDER: Erst war mir das ein bisschen unangenehm. Ich wollte mit niemandem darüber reden. Aber ich denke, dass es da draußen eine riesige Community gibt, und denen will ich Mut machen.

REPORTERIN: Sie meinen, es gibt noch mehr Menschen wie Sie, die in einer Hüpfburg leben?

HERR SCHNEIDER: Ja. Wir sind viele. Aber wir haben keine Lobby. Wir können nicht auf Demos gehen und auf uns aufmerksam machen. Das ist logistisch unmöglich. Man sieht uns nicht, aber wir sind da. Wir hüpfen im Stillen.

REPORTERIN: Wie kann ich mir das Leben in einer Hüpfburg vorstellen?

HERR SCHNEIDER: Eigentlich wie in einem normalen Haus auch. Nur ohne die Familienfotos an den Wänden. *(lacht)* Ich habe hier eine großzügige Wohnfläche und Fenster zu zwei Seiten raus. Man tut sich nicht weh, wenn man sich irgendwo stößt. Joa, ich kann mich nicht beklagen.

REPORTERIN: Spannend. Wie geht Ihre Frau damit um, dass Sie nicht mehr im Haus wohnen, sondern in einer Hüpfburg?

HERR SCHNEIDER: Ich will nicht lügen, am Anfang war es schwer. Es hat eine Weile gedauert, bis sie angefangen hat, mir mit der Sache zu vertrauen. Sie wissen schon, sie davon zu überzeugen, dass ich nicht mit einer anderen hüpfe. Inzwischen geht sie aber genauso locker damit um wie ich. Ich glaube, sie ist sogar froh, dass wir nicht mehr im selben Bett schlafen. Ich bin Schnarcher. Außerdem sagt sie, der weiche Boden sei gut für meine Kniearthrose.

REPORTERIN: Verbringt Ihre Familie viel Zeit mit Ihnen in der Hüpfburg?

HERR SCHNEIDER: Selten. Man kann sich einfach nicht in Ruhe unterhalten, irgendwer hüpft immer, und dann hüpfen die anderen automatisch auch mit hoch. Ich bin am überlegen, ob ich mir ein Haustier anschaffe. Es müsste aber ein Tier sein, das gern hüpft. Ich muss da noch recherchieren.

REPORTERIN: Vielleicht ein Känguru?

HERR SCHNEIDER: Jetzt werden Sie aber albern.

REPORTERIN: Entschuldigung. Ärgert es Sie, dass Sie erst so spät Ihre Liebe für Hüpfburgen entdeckt haben?

HERR SCHNEIDER: Doch, klar. Man fragt sich natürlich, was wäre, wenn ich schon mit vierzig den Schritt gewagt hätte oder mit zwanzig. Vielleicht sogar in ein größeres, hochwertigeres Modell investiert hätte mit mehr Zimmern. Aber dafür bin ich jetzt zu alt, ich muss das ja auch alles instandhalten.

REPORTERIN: Apropos. Wie halten Sie Ihre Hüpfburg sauber?

HERR SCHNEIDER: Die kärcher ich durch, einmal die Woche reicht. Ab und zu Staub wischen, das ist ein bisschen schwieriger, da muss ich hüpfen, um oben in die Ecken zu kommen. Aber das hält mich fit. Meine Wäsche macht weiterhin meine Frau. Die dreckigen Klamotten werfe ich einfach die Rutsche runter.

REPORTERIN: Könnten Sie sich vorstellen, irgendwann wieder in ein normales Haus zu ziehen?

HERR SCHNEIDER: Niemals. Wer einmal hüpft, der will nicht mehr zurück.

REPORTERIN: Und wie sehen Ihre Zukunftspläne aus?

HERR SCHNEIDER: Meine älteste Tochter hat vor, nächsten Sommer bei mir anzubauen.

REPORTERIN: An Ihre Hüpfburg?

HERR SCHNEIDER: Ja. Die sind da noch mit der Bank dran, wegen der Finanzierung, aber ich denke, das wird kein Problem. Meine Enkelinnen haben sich eine Elsa-Hüpfburg ausgesucht, nicht ganz billig.

REPORTERIN: Das heißt, Ihre Enkelinnen werden in einer Hüpfburg aufwachsen?

HERR SCHNEIDER: Das ist ein großes Privileg. Ich wäre auch schon gern so früh gehüpft, aber wir hatten ja nichts. Hüpfburgen gab es bei uns nicht. Wir sind bei meinen Großeltern noch vom Hofdach drei Meter in die Tiefe auf den betonierten Heuboden gesprungen. Da war nichts mit aufblasbarem PVC in bunten Farben. Auch deswegen möchte ich das meinen Enkelinnen heute ermöglichen. Sie sind die Zukunft des Hüpfens.

REPORTERIN: Beeindruckend. Herr Schneider, ich danke Ihnen für das offene Gespräch.

Backen

BACKEN ist die Lust, sich mit einer trockenen Zimtschnecke bei sich selbst dafür zu entschuldigen, dass man alle Gefäße der Küche dreckig gemacht hat. Nichts von dem, was man zum Backen benötigt, passt in die Spülmaschine – der Verein deutscher Sprache plant daher, das Wort «Backen» bald endgültig durch das Wort «Spülen» zu ersetzen. Generell sollte man Tätigkeiten mehr hinterfragen, deren Höhepunkt für viele dann erreicht ist, wenn sie über die Spüle gebeugt von einem Edelstahl-Schneebesen raumwarmes rohes Ei abschlecken.

Ja, die Angst vor Salmonellen backt immer mit. Backende Menschen lieben diese Gefahr, das kleine Risiko, heute Abend doch noch mit Brechdurchfall in der Notaufnahme zu landen. Es verleiht ihrem Handwerk das gewisse Etwas, das Anarchische, Verbotene, das wir sonst nur aus der rauen, wilden Küche kennen. Wir backen hauptsächlich zu Geburtstagen, da wir alle wissen, dass man in etwas besonders gut wird, wenn man es nur einmal im Jahr macht. Deswegen schmeckt eigentlich selten ein Kuchen nicht scheiße, denn wie man seine Küchenwaage richtig nullt und wie viel Gramm Backpulver ein Esslöffel sind, hat man bis zum nächsten Geburtstag wieder vergessen.

Lassen wir es doch einfach ganz, ein Geburtstagsgulasch tut es auch.

Hauptberuflich ist Backen allerdings etwas ganz anderes, geradezu Mystisches. Niemand kennt eine echte Bäckerin persönlich. Sie sind wach, wenn der Rest der Welt schläft, sie sieben Mehl und befüllen Garkörbchen in grellen, edelstahlbemöbelten Backstuben um zwei Uhr morgens. Niemand hat sie je gesehen. Bäcker*innen kennen kein Tageslicht, sie sind echte Mehl-Vampire.

Bäckereimenschen können deswegen nur mit anderen Bäckereimenschen zusammen sein und eine Bäckereifamilie gründen. Sie zeugen sogenannte *Teiglinge*, die, sobald sie auf 180 Grad Umluft ausgebacken sind, ebenfalls Bäckereimenschen werden.

Fachbegriffe aus dem Bäckereihandwerk:

KRAPFEN: ein schmackhaftes Feingebäck. Je nach Region werden sie auch *Pfannkuchen*, *Schrippen* oder *Fleischpflanzerl* genannt.

MEISTER* IN: die Person mit dem schönsten Hut in der Backstube. Muss noch früher aufstehen als der Rest, darf dafür aber auch mit der nackten Hand in die Margarine greifen.

PLANETENRÜHRMASCHINE: eine Teigrührmaschine mit mechanischem Arm, der sich gleichzeitig um die eigene Achse und um die backende Person dreht. Kann mit der Zeit sehr anstrengend werden, am besten, man nimmt sich was zu lesen mit.

BACKSCHRANK: ein warmer Kleiderschrank aus Edelstahl, der immer herrlich nach frischen Brötchen duftet.

KRUME: die flache Unterseite eines Brotes, auch *Ferse* oder *Schnabel* genannt. Für Menschen ungenießbar.

BAISER [AUSSPR.: *Baiser*]: eine Dessertspezialität aus hart gewordenem Eiweiß. Für die Zubereitung ein Eiweiß und fünf Esslöffel Maisstärke zu einer zähen Masse verquirlen. Flach rollen, in einen feuchten Strumpf wickeln und zehn bis zwölf Tage in einem zwei Meter tiefen Erdloch lagern. Danach noch einmal flach ausrollen und an einem Haken bei Raumtemperatur abhängen, bis die Nitrite vollständig entzogen sind. Zu einer Herzoginkartoffel formen. Trocken und kalt genießen.

SCHWIDDEL: ein trapezförmiger, dünner Metallstab zum Reinigen einer Regenrinne. Hat in der Backstube nichts zu suchen.

PLUNDERTEIG: ein grober, fetthaltiger Teig aus dem Bauchteil der Flunder und geschroteter, alter Pluderhose. Enthält Laktose.

BÄCKER-INNUNG: die Interessenvertretung der Gebäckstücke. In ihr schließen sich bundesweit Brote, Brötchen und süße Teilchen zusammen, um ihre gemeinsamen Interessen zu fördern. Nicht zu verwechseln mit dem *Laugenkreis*, einer rein freizeitlichen Zusammenkunft der verschiedenen Gebäcksorten zum Bowling, Karaoke etc.

TOURIEREN: eine aufwendige Teig-Falttechnik. Der Teig wird dabei auf einer bemehlten Arbeitsfläche mit nassen Händen zu einer symmetrischen, ovalen Kugel (Ellipse) geformt. Anschließend rollt man ihn wieder aus, denn das ist praktischer zum Backen.

MEINE ABSCHLIESSENDE MEINUNG ZUR

Ehe

EINE EHE schließt man, um sich eine Trennung bürokratisch zu erschweren. Denn wir alle wissen: Je komplizierter und teurer es wird, sich von einer Person scheiden zu lassen, desto schöner das Zusammenleben mit ihr. Um sich einander endgültig zu versprechen, steckt man sich gegenseitig Ringe an, eine Art Erkennungszeichen wie bei Katzen der Chip im Ohr, damit man nicht aus Versehen im Supermarkt den Mann der Nachbarin mit nach Hause nimmt oder einen Gartenstuhl. Auf Hochzeiten gibt es viele schöne Rituale, die ewig währende Liebe symbolisieren: Zum Beispiel wirft man dem Brautpaar so fest wie möglich harten Reis ins Gesicht. Wenn man verheiratet ist, darf man den Partner gesetzlich danach nur noch als «mein Mann» und «meine Frau» betiteln. 62 Prozent der verheirateten Paare geben an, sich gar nicht mehr an den Vornamen ihres Partners erinnern zu können. Die Ehe ist ein verheißungsvoller Liebesschwur, etwas ganz Intimes zwischen zwei Liebenden, die sich stumm darauf verständigen, zum Streiten ab sofort nur noch in den Urlaub zu fahren. Wenn einer verheirateten Person dann irgendwann doch bewusst wird, dass sie ein Arschloch geheiratet hat (meist nach zwei bis drei Wochen), muss sie ab diesem Zeitpunkt Sachen sagen wie «So sind Männer halt» oder «Typisch Frau» und dabei laut lachen und sich Saufe nachkippen.

Machen wir uns nichts vor: Menschen heiraten heutzutage nur noch, weil sich Kochen für eine Person einfach nicht lohnt.

DABEI LIEGT DIE LÖSUNG AUF DER HAND: einfach immer für zwei essen! Das lohnt sich immer.

MEINE ABSCHLIESSENDE MEINUNG ZU **Parkhäusern**

VORWEG: Ich habe nichts gegen Parkhäuser. Einige meiner besten Freund*innen sind Parkhäuser. In ein Parkhaus fährt man, um einen kaltblütigen Mord zu begehen oder zu parken. Egal, wofür man sich entscheidet: Es kostet immer mehr als fünf Euro. Beim Einfahren ins Parkhaus muss man einen Parkschein ziehen, den man mit einer stressigen Bewegung der Person auf dem Beifahrersitz in die Hand drückt – die wiederum faltet ihn so klein wie möglich, stopft ihn in die Ecke ihrer Geldbörse, wo ein Sanifair-Ticket und die McDonald's-Monopoly-Sticker von 2008 klemmen, und verlässt dann damit das Land.

Um die höheren Etagen zu erreichen, muss man im Parkhaus oft hintereinander sehr enge Kurven fahren. Das ist Absicht: Die Parkhaus-Industrie hat festgestellt, dass sich Menschen, die unter einem Drehwurm leiden, weniger über die hohen Parkgebühren ärgern. Für Frauen ist es sicherer, im Parkhaus zu parken: Dort werden sie zwar auch umgebracht, aber danach gibt es wenigstens eine schlechte Kameraaufnahme von der Tat. Die können sich ihre Angehörigen dann später angucken und seufzen: «Zum Glück hat sie im Parkhaus geparkt, sonst hätte es gar keine Kameraaufnahme vom Mord gegeben.»

Ja, es gibt Notausgänge in Parkhäusern, aber aus eigener Erfahrung weiß ich: Die Autos passen da gar nicht durch! Peinlich, wie sich da im Architekturbüro grob verschätzt wurde.

IM GROSSEN UND GANZEN KANN MAN SAGEN: Parkhäuser sind einfach spitze, aber mit Teppichboden könnte man sie schnell und einfach gemütlicher gestalten.

Das perfekte Dinner
(GROBER ABLAUF)

10 UHR: Das Drehteam klingelt an der Tür. Heute, an Tag drei, kocht Matthias aus Paderborn, 48 Jahre, Versicherungsmakler. Er hat noch müde Augen, es ist spät geworden gestern an Tag zwei bei Sabine, sie hatte nach Drehschluss Rum-Pflaumen serviert. Verlegenes Lachen, dann bittet Matthias das Drehteam, in die von ihm bereitgestellten Hausschuhe zu schlüpfen.

10:05 UHR: Matthias führt das Kamerateam durch sein frisch saniertes Reihenhaus. 120 Quadratmeter Wohnfläche, neue Panoramafenster geben den Blick auf die eingezäunte Terrasse mit Gasgrill und Rennrad frei. Sein ganzer Stolz: die neue Küche, U-förmig mit Kochinsel, Induktionsfeld mit integriertem Muldenlüfter, selbstreinigender Pyrolyse-Backofen. Am Kühlschrank hängen Fotos von zwei kleinen Mädchen im Tutu. Darauf angesprochen, druckst Matthias rum: Ja, das sind seine Töchter, nein, die wohnen leider nicht bei ihm, aber kommen alle zwei Wochen zu Besuch. Schnell Themenwechsel, den neuen Sous-vide-Garer kann man via Wi-Fi mit dem Handy verbinden und dann die Fleischtemperatur über eine App überwachen. «Das ist so was wie ein Babyphone für Männer», lacht Matthias und stößt sich dabei den Musikantenknochen an einem gusseisernen Bräter. Das hat wehgetan, aber er bleibt stark vor der Kamera.

10:45 UHR: Matthias erklärt kurz, was er heute kochen wird. Er hat sich für ein klassisches Menü entschieden. Vorspeise: Lachstatar mit Chili-Mango und Avocado. Hauptspeise: Rinderfilet sous-vide mit Rotwein-Schalotten-Soße, glasierte Möhren und getrüffelte 16-Stunden-Kartoffeln. Dessert: Orangensorbet mit Salzkaramell. Die Frage, was denn 16-Stunden-Kartoffeln seien, möchte er jetzt noch nicht beantworten. «Lasst euch überraschen.» Jetzt geht es erst mal ans Schnibbeln.

11:05 UHR: Eine junge Frau in Hausschuhen kommt plötzlich aus dem Nichts hinter einem Schrank hervor. «Das ist Anja, meine Schnibbel-Hilfe.» Anja lächelt schüchtern in die Kamera, Matthias stellt sie als seine Lebensgefährtin vor. Die beiden haben sich beim Schnibbeln kennengelernt, im Kochkurs «Schneiden lernen wie ein Profikoch» teilten sie sich einen Messerblock, beim Selleriewürfeln nach Art Macédoine hat es dann gefunkt. «Schnibbeln ist eine Leidenschaft, die uns beide verbindet», betont Matthias und drängt Anja dabei aus dem Bild. «Wir versuchen wirklich einmal am Tag zusammen zu schnibbeln, diese gemeinsame Zeit tut uns einfach gut.» Anja soll sich um Obst und Gemüse kümmern, Matthias nimmt sich das Fleisch vor, denn «Fleisch ist Chefsache». Während Anja gekonnt eine babykopfgroße Mango filetiert, muss sie für die Kamera einschätzen, wie Matthias sich heute schlagen wird. «Ich glaub, er wird das sehr gut machen. Zumindest wenn alles nach Plan läuft. Ansonsten kann er schon mal ganz schnell ungeduldig werden», kichert sie. Matthias wirft Anja vom Fleischbrett aus einen mahnenden Blick zu, Anja wendet sich wieder der Mango zu.

13:30 UHR: Anja hat alles geschnibbelt, was es zu schnibbeln gab, und muss jetzt wieder gehen. Matthias verabschiedet sie mit einem spitzlippigen Kuss. Den Rest des Tages muss sie oben in seinem Arbeitszimmer verbringen.

14:00 UHR: Matthias lüftet endlich das Geheimnis der 16-Stunden-Kartoffeln. Hauchdünne Kartoffelscheiben müssen dafür drei Stunden im Ofen gegart und anschließend weitere zwölf Stunden mit Gewichten beschwert im Kühlschrank gelagert werden. Selbstverständlich hat er das bereits gestern vorbereitet. Als Gewichte hat er zwei desinfizierte Türstopper zweckentfremdet.

14:50 UHR: Matthias hat das Rinderfilet vakuumiert und will jetzt die Orangensorbets verfeinern. Er will dazu noch kurz in seine Notizen schauen, aber das iPad springt nicht an.

«Was ist das denn jetzt?! Ich hab das doch die ganze Nacht geladen.» Er schüttelt es, klopft auf den Rücken des Tablets, wird immer nervöser. «SCHATZ!», schreit er quer durch das Haus, und Schnibbel-Anja trottet umgehend in die Küche. «Das scheiß iPad geht nicht an.» Anja weiß auch nicht, woran es liegt. Matthias hat inzwischen einen roten Kopf und muss sich Mühe geben, nicht auszuflippen. «Da sind meine ganzen Notizen drauf. Ich wollte grad was nachlesen für das Orangensorbet.» Anja probiert beherzt einen Finger vom Sorbet. «Mehr Zitronensaft.» Dann verschwindet sie wieder im Arbeitszimmer.

16:20 UHR: Das Sorbet ist im Tiefkühler, Matthias schwitzt. Mit zittriger Hand baut er kleine Lachstatar-Türmchen und listet dabei stolz alle Länder auf, die er jemals bereist hat.

17:00 UHR: Das Essen ist so weit vorbereitet. Matthias macht sich an die Tischdekoration. Damit er das auch hinbekommt, hat Anja gestern bereits den ganzen Tisch eingedeckt und ein Foto vom fertigen Ergebnis geschossen und ausgedruckt. Dann hat sie den Tisch wieder abgedeckt, denn Matthias soll den Tisch schließlich selbst decken, alles andere wäre den anderen Kandidaten gegenüber unfair. Jetzt muss er nur noch Anjas Arrangement nachbauen.

17:15 UHR: Der Tisch ist fertig gedeckt. «Eine Mischung aus Columbia- und Perlblau», merkt Matthias stolz an, als er auf die Farbe der Stoffservietten und Tisch-Sets verweist. Auf einem cremefarbenen Läufer hat er außerdem eine Girlande aus Eukalyptusblättern positioniert, die Anja gestern Abend noch aufwendig mit der Heißklebepistole zusammengeschustert hat. Außerdem bekommt jede Person ein selbstgemachtes Platzkärtchen mit ihrem Namen.

«Handlettering», merkt Matthias an. «Das macht die Anja ab und zu, wenn wir Gäste haben, oder auch für Marmeladengläser. Die hat da einfach ein Händchen für. Ich wechsel dafür im Sommer ihre Reifen.» Er grunzt kurz in die Kamera, dann klatscht er in die Hände. «So, ich geh jetzt mal eben in den Wasserschrank, und dann kann's losgehen.» Er verabschiedet sich zum Duschen nach oben und bittet das Kamerateam vorher noch, in der Zwischenzeit Nahaufnahmen von seiner Ginsammlung zu drehen.

18:00 UHR: Pünktlich auf die Minute klingelt es. Sabine (59, Reiseverkehrskauffrau) steht als Erste vor der Tür. Sie lacht laut und grundlos, sie ist einfach eine fröhliche Person. Als Gastgeschenk hat sie Matthias Ofenhandschuhe in Hundetatzenoptik mitgebracht. Dann treffen Hagen (38 Jahre, Schornsteinfeger) und Melissa (24, BWL-Studentin) ein. Hagen hat sein Gastgeschenk leider im Bus liegen lassen, Melissa trumpft mit einem frischen Strauß Wildblumen auf. Für den Aperitif lädt Matthias auf seine anthrazitfarbene Polstergruppe ein, es gibt Gin Gin Mule auf Eis. Holm (35, Krankenhausclown) hat Sabine per WhatsApp benachrichtigt, dass er etwas später kommen wird, sein Liegerad hat einen Platten.

18:30 UHR: Alle schlürfen das geschmolzene Eiswürfelwasser durch ihre Mehrweg-Kupferstrohhalme. Holm ist immer noch nicht da. Der Smalltalk läuft schleppend. Sabine hat den Fehler gemacht, Matthias auf das Foto seiner Töchter anzusprechen, und ihn damit aus der Fassung gebracht. Seitdem hat er schon zweimal etwas von seinem Drink verschüttet und einen leichten roten Ausschlag am Hemdkragen entwickelt. Melissa notiert sich gedanklich, wofür sie Matthias alles einen Punktabzug geben könnte: Erstens die angespannte Stimmung war irgendwie unangenehm. Zweitens wurde nicht direkt nachgeschenkt. Und drittens sind die Strohhalme aus Kupfer nicht ideal, weil man nicht sehen kann, ob sie innen wirklich sauber sind.

18:40 UHR: Die Stimmung lockert sich auch nicht durch Sabines Versuch, Matthias für seine beachtliche Ginsammlung zu loben. Mittelalterfan Hagen schweigt grinsend, er nimmt Disharmonie selten wahr, er findet es einfach nett, so gemütlich zusammenzusitzen. Außerdem freut er sich auf das kostenlose Abendessen. Bei Melissa sieht es anders aus. Sie nutzt die Zeit, um ihre Umgebung auf Staub zu scannen, und schaut regelmäßig demonstrativ auf die Uhr. Matthias' Nervosität schwingt langsam, aber sicher in Wut um.

«Also, ich würd euch ja gern noch mal so einen Drink anbieten, aber es war geplant, dass jeder nur EINEN Aperitif trinkt, deswegen hab ich jetzt gar nicht genug Minzblätter da.»

«Das macht gar nichts!», flötet Sabine schnell. «Ich nehm auch einen ohne Minzblätter, die sind doch nicht so wichtig!»

«Mir schon», entgegnet Melissa mit gespannter Augenbraue. Gott sei Dank klingelt es jetzt, Matthias springt erleichtert auf.

«Na endlich», flüstert Melissa. Hagen testet unterdessen, wie gut er Sabine durch den Kupferstrohhalm sehen kann, und findet es urkomisch.

18:42 UHR: Holm entschuldigt sich für die Verspätung, als Wiedergutmachung hat er selbstgemachtes Koriander-Basilikum-Pesto dabei. Matthias stellt das Gläschen unbeeindruckt auf der Flurkommode ab und scheucht die Gruppe ins Esszimmer. Endlich kann er die lang ersehnten «Aaaahs» und «Oooohs» ernten. Sabine ist hellauf begeistert vom Tischarrangement, sogar Melissa nickt anerkennend. Hagen ist der Gin Gin Mule auf den Magen geschlagen, er verabschiedet sich vorerst ins Gästebad.

18:45 UHR: Matthias kann den ersten Gang nicht servieren, solange Hagen noch im Bad ist. Er schenkt der Runde Wein und Wasser ein. Melissa fragt, ob die Blumen auf dem Tisch echt sind, was Matthias verneinen muss. Melissa nickt, das wird ihn Punkte kosten. Holm möchte die Stimmung auflockern und bietet an, den anderen beizubringen, wie man mit Äpfeln jongliert. Alle lehnen schnell und entschlossen ab.

«Später vielleicht», lacht Sabine. «Heute Abend dann.»

Matthias versteht das als Angriff auf sein Zeitmanagement und räuspert sich die Wut aus dem Rachen. Melissa kann Misserfolge schlecht mit ansehen und geht deshalb «mal nach Hagen gucken». Erfolglos, sie kommt seufzend zurück. «Der sagt, er braucht noch.» Matthias reibt sich die Hosenbeine. Verlegene Stille, dann knurrt plötzlich Holms Magen laut.

18:50 UHR: Matthias kann jetzt nicht mehr warten, Hagen hin oder her, der erste Gang muss raus. Hastig eilt er von der Kücheninsel zum Tisch und zurück, serviert – Gentleman, der er ist – zuerst Sabine und dann Melissa die Lachstatar-Türmchen mit Chili-Mango und Avocado. Optisch hat er alles rausgeholt, die Runde ist begeistert. Holm merkt an, dass er wegen seiner Edelstahlallergie nicht mit dem Besteck essen kann. Das täte ihm jetzt leid, aber das habe er ja in den letzten zwei Tagen auch mehrfach erwähnt. Matthias hatte sich das auf dem iPad notiert. «Ach Scheiße», poltert er und springt auf. «Ich hatte das eigentlich notiert auf meinem iPad, aber das hat heute den Geist aufgegeben. ANJA!» Matthias entschuldigt sich kurz, um sich zwei Meter weiter im Flur mit Schnibbel-Anja zu treffen. Sie reden mit gedämpfter Stimme, aber am Tisch ist jedes Wort zu verstehen.

«Wo hast du das Holzbesteck hingeräumt?»

Anja weiß von nichts. «Welches Holzbesteck?»

«Ich hatte dir gesagt, du sollst mir bitte ein Holzbesteck besorgen, wenn du in die Stadt fährst.»

«Hast du mir gar nicht gesagt.»

«Doch, hab ich.»

«Das wüsste ich doch!»

«Ganz toll, Anja. Der Holm hat eine Edelstahlallergie, womit soll der jetzt essen?»

«Da kann ich ja nichts für, Matthias. Du hast mir nie gesagt, dass ich –»

«Wir reden später. Und ehrlich gesagt weiß ich nicht, ob ich jetzt noch Lust habe, am Sonntag mit dir zu schnibbeln.»

Anja verschwindet aufgelöst im Arbeitszimmer. Holms Magen knurrt schon wieder, Sabine lacht verunsichert, Melissa notiert sich den Vorfall in ihrer Notizen-App. Matthias sucht eilig in der Küche nach Besteckersatz. Alles, was er auf die Schnelle findet, ist ein kleiner Teelöffel aus Holz. Holm ist nicht mehr wählerisch, er will einfach nur essen.

19:00 UHR: Hagen ist wieder da. Erleichtertes Raunen, Matthias rennt in die Küche, um auch ihm seinen Teller zu bringen. Melissa fängt schon mal an zu essen, denn «das mit dem rohen Fisch bei Zimmertemperatur kann echt gefährlich werden».

19:01 UHR: Endlich sitzen alle am Tisch, Matthias atmet durch. «Dann lasst es euch schmecken!», prostet er den anderen zu. Hagen entschuldigt sich noch mal, er habe Durchfall gehabt, wahrscheinlich die Aufregung. Das wäre aber ein gutes Zeichen, weil er eigentlich immer nur dann Durchfall bekommt, wenn etwas sehr Schönes ansteht. Kurz vor dem Mittelaltermarkt meistens, oder wenn es ein neues Update gibt für seinen Linux-PC. Melissa kann vor Ekel jetzt nichts mehr essen, das war's für sie, die Vorspeise ist gelaufen. Sabine versucht, das Thema schnell auf ihre Terriermischlinge Diamond und Lady zu lenken. Die beiden haben nämlich nicht nur auch oft Durchfall, sondern mögen vor allem ebenfalls Lachs sehr gern.

«Das Essen würde meinen zwei Damen schmecken. Denen mach ich auch öfter mal Lachstatar.»

Matthias ist empört. «Na, dann scheint es den beiden ja wirklich gut zu gehen, wenn sie so einen teuren, edlen Lachs serviert bekommen», antwortet er schnippisch.

«Da ist Lachs drin?», fragt Hagen vorsichtig.

«In dem Lachstatar?»

«Dann kann ich das leider nicht essen, sorry.»

Matthias versteht die Welt nicht mehr. «Ich hatte doch am Montag extra gefragt, ob ihr alle Fisch esst.»

«Fisch ja, aber keinen Lachs. Ich hatte da mal ein Erlebnis in meiner Kindheit. Mein Bruder hat mir Räucherlachs in mein Portemonnaie gelegt, und ich hab es tagelang nicht gemerkt.» Melissa schaut wieder leicht angewidert zu Hagen rüber. Sie ist froh, dass sie gar nicht erst angefangen hat zu essen. Sabine lacht, Holm reißt Hagens Teller an sich.

«Ich ess das gern», raunt er und sticht gierig mit seinem Holzlöffel in Hagens Lachstürmchen. Matthias hat keine alternative Vorspeise vorbereitet.

«Kann ich dir irgendwas anderes anbieten?», fragt er überfordert.

«Hast du 'n Joghurt da?»

Melissa fasst sich ungläubig an die Schläfe. «Aber du weißt schon, dass wir hier beim perfekten Dinner sind?», fragt sie ihn.

«Och, alles entspannt. Ich ess auch einfach gern Joghurt.» Matthias verzweifelt langsam. Er hat noch keinen Bissen gegessen und steht nun wieder auf, um für Hagen in der Küche einen Joghurt zu suchen. Zu seinem Glück muss es so weit nicht kommen, denn Schnibbel-Anja hat gestern Zwiebelbaguette und Bärlauchbutter gemacht, so kann er ihm zumindest etwas Selbstgemachtes anbieten.

Hagen ist mehr als dankbar. «Wow, Matthias. Das wär echt nicht nötig, meganett von dir.» Während die anderen nun alle fertig mit ihrer Vorspeise sind, isst Hagen laut und genüsslich sein Baguette. «Das ist der Hammer!», urteilt er mit vollem Mund. «Ich hab noch nie so ein geiles Baguette gegessen.» Sabine hätte jetzt auch gern ein Stück Baguette, traut sich aber nicht zu fragen. Auch Melissa plagt der Futterneid. Holm versucht, dezent zur Seite aufzustoßen. Matthias gibt sich alle Mühe, schnell, aber trotzdem gesittet seinen Lachs zu essen, während er immer mehr unter Zeitdruck gerät und die anderen ihn erwartungsvoll und hungrig beobachten.

«Mach dir keinen Kopp», beschwichtigt Holm. «Auf meiner Clownschule hatte ich mal einen Lehrer, der hat immer gesagt: ‹Nimm dir Zeit und nicht das Leben.›» Sabine lacht laut, herrlich! Matthias findet das gar nicht lustig, schließlich ist es Holms Schuld, dass der ganze Abend in Verzug geraten ist. Um nicht auf Holms Einwurf reagieren zu müssen, checkt er schnell den Gargrad des Rinderfilets in seiner Sous-vide-App.

19:10 UHR: Der erste Gang ist geschafft. Matthias hat den Tisch abgeräumt und beschäftigt sich jetzt in der Küche mit den 16-Stunden-Kartoffeln. Seine Gäste sind in der Zwischenzeit dazu aufgerufen, die Wohnung unter die Lupe zu nehmen. Aus dem Wohnzimmer hört man Sabine schon laut lachen: Sie hat auf dem Sideboard einen hölzernen Flaschenöffner in Penisform gefunden. «Ein Mitbringsel von einem Kumpel aus dem Thailandurlaub!», ruft Matthias schnell rüber. Dann schlurft Hagen selig grinsend in die Küche. «Ich wollt mal gucken, was du hier Schönes machst.» Das hatte Matthias gerade noch gefehlt. Er versucht, Hagen durch sein konzentriertes Rotieren zwischen Sous-vide-Garer und Kühlschrank nonverbal begreiflich zu machen, dass er sich gerade nicht mit ihm beschäftigen kann. Hagen war noch nie gut darin, den Raum zu lesen, und rückt Matthias immer weiter auf die Pelle.

«Das ist ja abgefahren», sagt er und stochert dabei mit dem Zeigefinger auf dem vakuumierten Rind im Wasserbad rum.

«Finger weg!», platzt es aus Matthias raus. «Sorry. Ich brauche hier jetzt ein bisschen Platz.»

Hagen nimmt es gelassen. «Alles klar, Chef. Hast du ’n Bierchen hier?» Er öffnet den ihm fremden Kühlschrank mit einem Selbstverständnis, das Matthias fast schon imponiert.

«Ganz unten links müsste noch was sein.»

«Jackpot!», ruft Hagen und öffnet eine Flasche Krombacher mit dem Zahn. «Willst du auch eins?»

Matthias lacht peinlich berührt bis resigniert in Richtung Kamera. «Nein danke, Hagen.»

Im Wohnzimmer konnte Holm Sabine inzwischen für das Jonglieren begeistern, sie üben mit zwei Scheiben Zwiebelbaguette und dem hölzernen Penisflaschenöffner. Melissa studiert währenddessen fasziniert das CD-Regal. «Krass. Ich kenn echt niemanden, der so was noch hat. Nicht mal meine Eltern. Und die sind echt alt, fast fünfzig.» Sabine muss lachen, als sie das hört, dabei gehen die Zwiebelbaguettescheiben zu Boden. «Na, dann bin ich wohl steinalt!» Melissa ist das Ganze peinlich, und Holm nervt es, dass Sabine das mit dem Jonglieren nicht ernst genug nimmt. Er zieht sieben bunte Plastikringe aus seinem Rucksack und demonstriert mitten im Wohnzimmer sein Können – immer wieder zur Kamera schielend, um sich zu versichern, dass er auch wirklich gefilmt wird. «Wow», ruft Hagen, als er Holm von der Küche aus jonglieren sieht. «Wie krass ist das denn!» Vor Aufregung verschüttet er etwas Bier, Matthias hat das gesehen. Er kommt sofort zum Aufwischen mit einem Küchentuch, die Terrazzo-Fliesen sind schließlich nagelneu! Hagen bekommt das gar nicht mit, er ist wie elektrisiert von Holms Jonglierkünsten.

«Kannst du das auch mit schwereren Sachen? Oder mit Tellern?» Er hält ihm begeistert einen von Matthias' blauen Steinguttellern hin.

«Lieber nicht!», ruft Matthias. «Die Teller sind aus Mallorca, handbemalt, die kosten ein Schweinegeld.»

Hagen stellt den Teller leicht enttäuscht zurück ins Regal und hebt im selben Atemzug die zwei Scheiben Jonglage-Zwiebelbaguette vom Boden auf, poliert sie kurz mit seinem Ärmel. «Das Baguette ist so geil, das könnt ihr doch hier nicht auf dem Boden liegen lassen.» Er beißt beherzt ins Brot. Melissa flüchtet sich beim Anblick der Krümel, die sich dabei in Hagens Rauschebart verfangen, in ihr Smartphone und googelt, ob das Steingutgeschirr wirklich aus Mallorca kommt, sie hat nämlich ein zum Verwechseln ähnliches Set von Amazon zu Hause. In der Küche kämpft Matthias derweil mit einer Wärmebrücke. «Die hab ich mir extra geliehen von einem befreundeten Koch. Denn wenn ich eins nicht leiden kann, dann ist das kaltes Fleisch. Gibt eigentlich nur eine Sache, die ich noch weniger mag als kaltes Fleisch. Gar kein Fleisch», witzelt er, während er versucht, die Metallteile des Lampengestells zusammenzustecken. Als es endlich klappt und alles passt, macht er sich an die glasierten Möhren. «Da ist es wichtig, die in einer guten Pfanne zu karamellisieren. Die hier besteht zu 90 Prozent aus Kupfer, die heizt schnell hoch und kühlt schnell ab. Damit kann ich sehr präzise kochen. Ich bin zwar ‹nur› Hobbykoch, aber ein Hobbyjäger kann es sich ja auch nicht leisten, schlecht zu schießen.»

19:50 UHR: Während Matthias sich in der Küche von

seiner besten Seite präsentiert, herrscht im Wohnzimmer dicke Luft. Hagen hat sich in einem Anflug des Übermuts dazu hinreißen lassen, Sabine zu zeigen, wie es aussieht, wenn er auf Metal-Konzerten headbangt. Dafür hat er den Zopf seines brustlangen Haars geöffnet und ist dann in der Mitte des Wohnzimmers dermaßen eskaliert, dass Sabine übermütig lachend mit eingestiegen ist. Hagen hat das zu spät kommen sehen, und die beiden sind unglücklich am Schädel gegeneinandergeprallt. Seitdem ist Sabine leicht schwindelig, und Holm hat sie auf der Couch hochgelagert. Melissa ist sauer auf Hagen und findet das Ganze unverantwortlich. Sabine beteuert, dass es nur eine kleine Beule ist, mehr nicht, und Hagen hat Tränen in den Augen, weil es ihm so leidtut.

«Eigentlich müssten wir jetzt hier abbrechen. Es kann auch sein, dass Sabine ein Schädel-Hirn-Trauma hat», merkt Melissa an.

«Mir fehlt nichts, Kinder!», ruft Sabine lachend von der Couch rüber. «So was passiert schon mal. Rock 'n' Roll!»

Hagen verschwindet ins Bad, um unbemerkt zu weinen. Holm hat unterdessen dermaßen tief in Matthias' privaten Sachen gestöbert, dass er in der Schrankwand ein Hochzeits-Fotoalbum von ihm und seiner Ex-Frau gefunden hat. «Ach, krass. Da hat Matthias ja noch richtig Haare.» Matthias schielt von der Küche aus rüber und traut seinen Augen nicht. Wütend zubbelt er sich seine schwarzen Latex-Kochhandschuhe von den Händen und stürmt ins Wohnzimmer, reißt Holm das Album aus den Händen.

«Das ist privat», schnaubt er.

«Hey, ganz ruhig. Uns wurde gesagt, wir sollen uns hier mal umschauen», entgegnet Holm.

«Ja, aber doch nicht in der hintersten Ecke vom Schrank!»

«Na ja, wir warten halt auch schon lange. Man muss sich ja irgendwie beschäftigen.»

Matthias unterdrückt eine Bemerkung wegen Holms Zuspätkommen und dampft sauer zurück in die Küche. Er ist in den letzten Zügen des Hauptgangs; und wenn er nicht alle paar Minuten von den anderen wegen irgendwas die Küche verlassen müsste, würde das Essen schon längst auf dem Tisch stehen. Melissa atmet gut hörbar aus und widmet sich aus Mangel an Alternativen wieder ihrer Amazon-App. Es dauert nur zwei Klicks, dann hat sie Matthias' angeblich handbemaltes Geschirr gefunden. Unverkennbar, der Terracottaton, und die grün-roten Farbsprenkel lassen keine Zweifel offen. Das hundertachtteilige Set kostet nur 39,99 Euro und ist von der Amazon-Eigenmarke direkt aus China. War ja klar. Sie schnaubt und läuft Richtung Küche, um Matthias zu konfrontieren. Doch sie kommt nicht weit, denn am Herd findet bereits eine Auseinandersetzung zwischen Holm und Matthias statt. Beide versuchen, leise zu sprechen, aber Melissa kann sofort erkennen, dass dicke Luft herrscht.

«Das hättest du mir vorher sagen müssen!», raunt Matthias in Holms Richtung.

«Ich hab's vergessen. Ich habe einen stressigen Alltag im Krankenhaus. Ich jongliere für krebskranke Kinder, Matthias. Denkst du, das ist nicht wichtig?»

«Was? Nein!»

«Was ist denn hier los?», fragt Melissa neugierig. Holm und Matthias wirbeln ertappt herum.

«Nichts», lügt Holm. «Ich habe Matthias gefragt, wo er diese tolle Pfanne herhat.»

Melissa nickt amüsiert. «Und, wie läuft es sonst so?», fragt sie Matthias.

«Bestens. Vielleicht könntet ihr kurz rüber ins Wohnzimmer gehen? Ich brauche hier Platz für das Rind.»

«Ich liebe Rind!», ruft Sabine von der Couch. «Habt ihr heute schon was gegessen? Wir könnten was bestellen!» Alle blicken sie verwirrt an.

«Ich hole dir mal lieber ein Kühlpad», sagt Melissa schnell und öffnet das Tiefkühlfach vom großen Kühlschrank. Matthias bekommt davon schon nichts mehr mit, er ist konzentriert dabei, das Rind aus der Vakuumierung zu befreien.

«Iiih!», schreit Melissa plötzlich auf. «Was ist DAS denn?» Vor Schreck lässt Matthias das ganze Stück Rind auf den Boden fallen.

«Fuck!», brüllt er.

«Ekelhaft!», brüllt Melissa. Auch Hagen steht im Türrahmen und will sehen, was da los ist. Melissa hält einen großen, dunkelroten Klumpen in einer Plastiktüte hoch, Matthias rennt zu ihr, reißt ihn ihr schnell aus den Händen und verstaut die Tüte wieder im Tiefkühlfach.

«Das ist privat», presst Matthias wütend hervor.

«Also, jetzt will ich es auch wissen!», schmunzelt Hagen.

Matthias ist inzwischen völlig am Limit. Die Ader an seinem Hals pulsiert, sein Gesicht hat die Farbe der Rotweinsoße auf dem Herd angenommen, ihm platzt der Kragen. «Das ist die Plazenta meiner Exfrau. Und jetzt raus aus meiner Küche! ALLE!» Er bemerkt schon gar nicht mehr, wie geschockt die anderen sind, so sehr übermannt ihn die Wut. Die Gruppe gehorcht und verlässt die Küche, nur Holm versucht in einer Übersprungshandlung, noch schnell das Stück Rind vom Boden aufzuheben, und verbrennt sich dabei beide Hände. «Aua! Scheiße!», ruft er, lässt das Rind wieder fallen und rennt Richtung Bad. Matthias boxt wütend auf die Kücheninsel.

«Ich glaub, ich muss kotzen», flüstert Melissa, inzwischen wieder im Wohnzimmer.

«Hey, hey, hey. Eine Plazenta ist etwas ganz Natürliches», beschwichtigt Hagen. «Wir kommen alle aus so was raus.»

«Aus einer Plazenta kommt man nicht raus.»

«Du weißt schon, was ich meine.»

20:30 UHR: Sabine liegt inzwischen mit den Beinen auf der Rückenlehne der anthrazitfarbenen Polstergruppe und guckt mit dem Kopf nach hinten geworfen rückwärts eine *Full-Metal-Jacket*-DVD, die sie sich völlig unbemerkt eingelegt hat. Ohne erkennbaren Grund lacht sie sich über den Film kaputt. In der Küche knallt Matthias derweil in seiner Wut Schubladen zu und wirft Arbeitsmaterial durch die Gegend.

«Ist der irgendwie genervt?», fragt Hagen leise in Melissas Richtung. Melissa starrt ihn nur ungläubig an.

«Kinder, wisst ihr, was lustig ist? Wenn man den Film auf Spanisch guckt, bekommt man irgendwie total Hunger auf Tintenfischringe», kichert Sabine.

Melissa ist zunehmend beunruhigt von Sabines konfusem Verhalten. In dem Moment kommt Holm zurück ins Wohnzimmer, um beide Hände hat er sich nasse Waschlappen gewickelt. «Das ist eine Katastrophe. So kann ich nicht jonglieren.»

«Oh, Mist», sagt Hagen mit aufrichtigem Mitleid. Sabine setzt sich in einer aufwendigen, schlingernden Bewegung wieder auf.

Holm lässt sich stöhnend neben sie auf die Couch fallen, beide Waschlappenhände weit von sich gestreckt. «Wie soll ich das den Kindern beibringen? Die wollen immer nur, dass ich jongliere. Jonglieren hier, jonglieren da. Für Lieder singen oder Pantomime kann man die Kids heutzutage nicht mehr begeistern. Wenn ich nicht jongliere, machen die mich fertig.»

«Ich dachte, die Kinder sind krank?», fragt Melissa.

«Aber trotzdem fies», entgegnet Holm. «Ein Mädchen hat neulich gedroht, dass sie den Sauerstoff verweigert, wenn ich nicht für sie mit zwölf Ringen jongliere. Zwölf!»

«Unfassbar», entgegnet Hagen.

«Wirklich tragisch mit dem Krieg in Spanien», murmelt Sabine und hält sich eine Hand an die pochende Schläfe.

«So, das reicht!», ruft Melissa aus und kniet sich vor sie auf den Boden. «Wie viele Finger zeige ich, Sabine?»

«Vier.»

«Richtig. Und jetzt?»

«Zwei.»

«Richtig. Hast du Kopfschmerzen, oder ist dir übel?»

«Nein. Aber ich hab Hunger wie ein Maurer.» Wie aufs

Stichwort kommt Matthias mit zwei dampfenden Tellern in den Essbereich. Die Freude und Motivation sind seinem Gesicht endgültig gewichen, inzwischen geht es nur noch darum, den Abend irgendwie hinter sich zu bringen. «Die Hauptspeise ist fertig», verkündet er knapp und verschwindet wieder in der Küche, um die restlichen Teller zu holen. Alle begeben sich zu Tisch, Hagen hilft dem gebeutelten Holm, den Stuhl zurechtzurücken, und Melissa stützt die etwas wackelige Sabine bis zu ihrem Platz.

«Mensch, jetzt hab ich aber auch echt Kohldampf!», flötet Hagen fröhlich. Der Rest der Runde schweigt.

«Ist das das Rind, das auf dem Boden lag?», fragt Melissa mit Blick auf ihren Teller.

Matthias nimmt vor seinem Essen Platz, er ist nass geschwitzt, die Ärmel seines Hemdes zieren großflächige Rotweinflecken. Er hat keine Energie mehr für Höflichkeiten. «Ich werfe nicht hundertdreißig Euro teures Rinderfilet weg, weil es ein paar Sekunden auf meinem sehr sauberen Küchenboden lag. Ich habe es noch mal heiß angebraten. Wer es nicht mag, lässt es liegen. Guten Appetit.» Dann kippt er sich ein großes Glas Rotwein in einem Zug in den Rachen und schenkt sich sofort bis zum Rand nach.

«Das sieht köstlich aus, Matthias!», lobt Hagen, und Matthias kann sich ein Lächeln abringen.

«Würde es dir was ausmachen, mich zu füttern? Ich kann das Besteck so nicht halten», fragt Holm Hagen leise.

«Hey, gar kein Problem!» Hagen schneidet Holms Fleisch in mundgerechte Stücke.

«Aber bitte nicht mit dem Edelstahlbesteck, ich bin allergisch.»

«Womit denn dann?»

«Du kannst ruhig die Finger nehmen.»

Melissa muss sich ein Würgen verkneifen.

«Möchte noch jemand etwas trinken?», fragt Matthias schnell in die Runde.

«Ich hätte gerne einen Jasmintee», kommt von Sabine.

Matthias reibt sich die Nasenwurzel. Er denkt nach. Über sein Menü und das, was daraus geworden ist. Über seinen Wutanfall vor laufender Kamera und die Ausstrahlung in ein paar Monaten, die sicher mindestens die Hälfte der Belegschaft in seinem Büro sehen wird. So katastrophal diese Runde hier auch ist, er muss auch an morgen denken, an seinen Ruf. «Kommt sofort», antwortet er schnell und verschwindet in der Küche.

«Stopp! Da ist Soße dran!», schreit Holm plötzlich Hagen an. «Ja, weil das sonst doch viel zu trocken ist, dachte ich.» Hagen versteht gar nicht, was los ist. Melissa macht derweil heimlich mit ihrem Handy Nahaufnahmen von einem kleinen, dunklen Haar, das an ihrem Fleisch klebt.

«Das tut nichts zur Sache», antwortet Holm barsch. «Ich mag einfach keine Soße.»

«Sorry, Holm», sagt Hagen. «Das wusste ich echt nicht.»

«Keine Soße? Wer mag denn keine Soße?», meldet sich Sabine zu Wort.

«Also überhaupt keine Soße? Nie?», fragt Melissa.

«Das Thema hat hier nichts zu suchen.»

«Das Thema Soßen? Beim perfekten Dinner?»

«Würdest du mich jetzt bitte weiter füttern, Hagen? Ich hatte noch nichts von den Kartoffeln.»

«Kommt sofort.»

Melissa beugt sich unauffällig zu Sabine vor. «Findest du auch, dass die Kartoffeln irgendwie matschig schmecken? Als wären die viel zu lang drin gewesen?», flüstert sie ihr verschwörerisch zu.

«Welche Kartoffeln?», fragt Sabine, während sie ihre Kartoffeln kaut. Dann kommt Matthias zurück und serviert ihr eine Tasse Jasmintee.

21:30 UHR: Der Hauptgang ist beendet. Melissa hat nur ihre glasierten Möhrchen aufgegessen, Sabine dafür von allem dreimal einen Nachschlag verlangt. Hagen hat so viel Zeit damit verbracht, Holm zu füttern, dass er selbst erst zum Essen kam, als alles schon kalt war. Trotzdem bezeichnete er das Ganze schon nach dem ersten Bissen als das mit Abstand Beste, was er jemals gegessen hat. Das wiederum stieß Sabine übel auf, die ja am Tag zuvor gekocht hatte. Matthias allerdings hat es geschmeichelt und motiviert, bei der Nachspeise alles zu geben.

«Ich begebe mich jetzt mal wieder in die Küche», verkündet er ambitioniert. «In dem Schrank da hinten sind Gesellschaftsspiele, wenn ihr Lust habt.»

«So lang dauert das jetzt?», fragt Melissa entnervt. «Ich bin morgen mit Kochen dran, und wir haben schon halb zehn.»

«Ach, schön, du kochst auch?», fragt Sabine.

Während die Kamera Matthias in die Küche folgt, testet Melissa noch mal vorsichtshalber Sabines Vitalzeichen und legt ihr die Hand auf die Stirn. «Sabine, du bist so komisch, seit du mit Hagen zusammengeknallt bist. Ist wirklich alles in Ordnung?»

«Mausi, mir geht's hervorragend!», lacht Sabine und nimmt einen großen Schluck Jasmintee. «Ich bin nur ein bisschen nervös, wegen der Kamera.» Melissa blickt sie weiter skeptisch an.

«Ich müsste auch bald los», gibt Hagen leise zu. «Der letzte Bus fährt um zwanzig nach elf.»

Holm räuspert sich. «Du, Hagen, könntest du mir dann vielleicht helfen, das Liegerad in den Bus zu tragen? Ich kann so nicht fahren.»

«Logo!»

Holm hat beide Waschlappenhände inzwischen auf seinen Oberschenkeln abgelegt, was zur Folge hat, dass seine Cordhose obenrum völlig durchnässt ist. Melissa schleicht in die Küche, um Matthias über die Schulter zu schauen. Der holt gerade das Orangensorbet aus der Kühlung und nimmt eine Geschmacksprobe mit einem kleinen Teelöffel.

«Sehr gut. Das ist schon mal sehr erfreulich», lautet sein Urteil.

«Wie hast du das gemacht? Und wann?», forscht Melissa nach.

Matthias atmet gereizt ein. «Gestern Abend. Wie man ein Sorbet halt macht. Ich hab, ehm, die Orangen erst mal geschält und dann ausgepresst. Na ja, eigentlich möchte ich gar nicht sagen, wie ich es gemacht habe. Das ist eines meiner Spezialrezepte, die gebe ich nicht raus.»

«Du weißt aber schon, dass das gegen die Spielregeln

verstößt? Wir müssen alle genau sagen, wie wir etwas zubereiten.» Melissa lässt nicht locker.

Matthias wischt sich mit einem Hemdsärmel den Schweiß von der Stirn. «Ja. Natürlich, das weiß ich. Ich, ich muss nur kurz aufs Klo, dann erkläre ich es dir.» Er verschwindet aus der Küche und lässt eine triumphierend grinsende Melissa am Tresen zurück. Sie zuckt mit den Schultern in die Kamera. «Ist ja nur fair, gleiches Recht für alle.» Aus dem Off hört man, wie Matthias mit gedämpfter Stimme mit Schnibbel-Anja diskutiert. Melissa stellt sich in den Türrahmen und lauscht mit einem Ohr interessiert der Unterhaltung. Die Kamera fängt die Szene durch den Türspalt ein. Die zwei stehen am Fuß der Treppe, die hoch zum Arbeitszimmer führt, Schnibbel-Anja trägt schon einen Schlafanzug und hat die flanellbedeckten Arme vor der Brust verschränkt.

«Ich hab dir doch gesagt, du sollst das selber machen!», zischt sie.

«Du weißt genau, dass ich gestern die Kinder für zwei Stunden hatte. Ich war danach fix und fertig! Sag mir einfach, wie du es gemacht hast, dann gibt es kein Problem!»

«Wieso sollte ich? Du sagst mir ja auch nicht immer alles.»

Matthias stöhnt in seine Handflächen. Er muss sich anstrengen, weiterhin leise zu sprechen. «Anja, das ist jetzt nicht der richtige Zeitpunkt für so eine Unterhaltung. Wir reden da morgen drüber! Bitte, sag mir einfach ...»

«Du hast mir versprochen, dass du die Plazenta deiner Ex entsorgst, Matthias!»

Matthias blickt sich besorgt zur Küche um. Als er sieht, dass sowohl Melissa als auch das Kamerateam die Situation beobachten, schiebt er Anja rückwärts ins Gästebad und macht die Tür zu. «So, wo waren wir?», lächelt er und kommt zurück in die Küche.

«Das Rezept für das Sorbet», erinnert Melissa ihn.

«Richtig. Das Rezept. Für das Sorbet. Also, ich hab die Orangen geschält, ausgepresst und dann Zucker rein, hundert, zweihundert Gramm. Ungefähr. Dann noch einen Schuss Wasser, gut mixen, ins Tiefkühlfach stellen. Immer mal wieder rühren. Fertig.»

Melissa rümpft die Nase und nickt, dann verlässt sie die Küche wieder Richtung Essbereich. «Ich glaube nicht, dass er den Nachtisch selbst gemacht hat. Ich glaube, seine Freundin hat das gestern alles vorbereitet», petzt sie sofort dem ganzen Tisch.

Hagen stört das gar nicht. «Die kann bestimmt auch super kochen!», wirft er begeistert ein.

«Also, ich hab gestern ALLES selber gemacht», sagt Sabine. «Sogar die Croûtons.» Melissa nickt anerkennend.

22:25 UHR: Außer Hagen haben inzwischen alle am Tisch schlechte Laune. Matthias serviert den Gästen mit letzter Kraft jeweils eine Schiefertafel mit dem darauf drapierten Orangensorbet. Neben der frisch aufgeschlagenen Vanillesahne am Rand hat er jedem Gast die Tafel mit dem eigenen Vornamen aus flüssigem Salzkaramell verziert. «Auch wenn heute einiges nicht so lief wie geplant. Schön, dass ihr meine Gäste wart. Ich hoffe, es schmeckt.»

«Richtig süß mit den Namen!», merkt Melissa lobend an. Matthias verzieht die Lippen zu einem leichten Lächeln. «Aber bei mir fehlt ein S. Ich heiße ja nicht Melisa.» Matthias' Anflug von guter Laune ist sofort wieder verschwunden. «Du kannst mein S essen», bietet Sabine sofort an. «Mir ist eh schlecht.»

«Mensch, Sabine, das tut mir so leid, dass wir zusammengeknallt sind. Ich hab dich echt nicht gesehen.» Hagen plagt immer noch das schlechte Gewissen. Matthias kippt sich das dritte Glas Rotwein rein. Holm isst umständlich sein Sorbet mit seinem Holzlöffel, der zwischen den immer noch in Waschlappen steckenden Fingerspitzen klemmt. Er sieht nachdenklich aus. «Das hat irgendwie eine besondere Note. Das ist nicht nur Orange. Was hast du da noch reingetan?»

Matthias weicht Holms Blick aus und starrt auf seine Schiefertafel. «Nichts, eigentlich.» Er räuspert sich. «Einen Schuss Zitrone, aber sonst.»

«Ich schmecke es auch!», stimmt Melissa ein. «Da ist noch irgendwas anderes drin.»

«Dann will ich aber jetzt auch probieren», sagt Sabine und nimmt einen großen Löffel. «Das schmeckt irgendwie ein bisschen nach ... Sekt oder Champagner, oder?»

«Ja, Champagner!», bestätigt Melissa.

«Da ist Alkohol drin?», fährt Holm hoch.

Matthias stammelt perplex vor sich hin. «Ich, eigentlich, ich glaube, ich könnte, vielleicht ist da aus Versehen was in die Schüssel ...» Holm springt auf und pfeffert die Waschlappen von seinen Händen auf den Tisch.

«Ich hab die Schnauze voll!», brüllt er Matthias an.

«Was ist denn jetzt los?», fragt Sabine Melissa, die zuckt nur mit den Schultern und beobachtet das Drama.

«Holm, alles okay bei dir?», fragt Hagen besorgt. «Setz dich doch. Ich kann dich auch wieder füttern!»

Holm fuchtelt wutentbrannt mit seinen verbrannten Fingern vor Matthias' Nase rum. «Das werde ich dir nie verzeihen! Und wenn du irgendwann mal einen Clown brauchst, der auf dem Geburtstag deiner Kinder mit Zitrusfrüchten jongliert, dann denk nicht mal dran, mich anzurufen!» Dann dampft er ab Richtung Flur.

Matthias muss schlucken und läuft ihm hinterher. Die drei anderen starren sich mit offenen Mündern an, Melissa kann sich ein Lachen nicht verkneifen. «Du kannst noch nicht gehen!», hört man Matthias aus dem Flur.

«Und ob ich kann. Ich war vier Jahre auf dem Clownskolleg, aber das hier ist der größte Zirkus, der mir je begegnet ist.»

«Aber du musst noch die Punkte vergeben!»

«Null! Null Punkte bekommst du von mir! Ich hab dir gesagt, dass ich keinen Alkohol vertrage!»

«Aber das war doch wirklich nur ein Schuss Champagner.»

«Ich bin trockener Alkoholiker! Und dank dir weiß es jetzt meine Frau!», hallt es durch das ganze Haus. Holm schreit so laut, dass Sabine sich geschockt die Hand vor den Mund wirft und Hagen schon die Tränen in den Augen stehen.

«Deine Frau weiß nicht, dass du alkoholkrank bist?», fragt Matthias vorsichtig.

«Nein, sie weiß nicht, dass ich trocken bin.»

Verwirrtes Schweigen.

«Solange sie denkt, dass ich noch trinke, muss ich auf der Couch schlafen, und ich schlafe einfach besser im Wohnzimmer.»

«Ich schlafe auch im Wohnzimmer!», ruft Hagen rüber. «Das ist, als hätte man sich ins Kino geschlichen und unter dem Sitz versteckt, bis alle weg sind. Und dann kann man die ganze Nacht heimlich Filme gucken. Aber in Unterhose.»

Melissa reicht es, sie steht auf. «Ich denke, wir sollten jetzt die Punkte verteilen. Wir sind ja eh alle fertig mit Essen.»

22:50 UHR: Hagen und Sabine haben sich ins Gästezimmer zurückgezogen, um ihre Punkte zu vergeben. Seit sie dafür von ihrem Stuhl aufstehen und in den anderen Raum rüberlaufen musste, ist Sabine plötzlich wieder schwindelig. Sie hat deshalb beschlossen, die Augen für den Rest des Drehs vorsichtshalber zuzulassen. Hagen hat sich bei ihr untergehakt, um sie zu stabilisieren, gemeinsam sitzen sie so auf der Kante des Gästebetts und halten die Tafeln mit den Punktzahlen in der Hand. Nach einem Fazit für den Abend gefragt, ist Hagen hellauf begeistert. «Matthias ist wirklich ein hammermäßiger Gastgeber!», sprudelt es aus ihm heraus. «Das Essen war dermaßen lecker. Und ich finde, wir sind auch so eine tolle, eingespielte Truppe. Heute hat echt einfach alles gestimmt.» Obwohl Sabine die Augen weiterhin geschlossen hat, sieht man ihr den irritierten Gesichtsausdruck an. Doch Hagens Begeisterung ist aufrichtig – und er vergibt volle zehn Punkte. «Für mich war das einfach das perfekte Dinner.»

Sabine verschluckt sich fast, als sie das hört, und muss unweigerlich heftig husten. Dann ist sie mit ihrem Fazit dran. «Es war schon ein bisschen chaotisch. Das, was ich gegessen habe, war zwar ganz lecker. Aber Matthias hat auch nicht alles selber gemacht, das finde ich nicht so fair.» Dann dreht sich Hagen diskret zur Wand, und Sabine zeigt ihre Punkte in die Kamera: eine Sechs. Anschließend führt Hagen sie wieder aus dem Zimmer, und Melissa und Holm machen sich bereit für ihre Punktevergabe.

Holm sieht man seine Wut noch immer an, er ist wortkarg und versucht, das Ganze schnell hinter sich zu bringen. «So, ich fang mal an. Der Abend hatte Potenzial, Matthias ist ein guter Koch. Aber da stimmte einiges nicht. Er wusste nicht, was im Nachtisch drin ist. Und das kann gefährlich werden. Vor allem für Allergiker. Für mich ein No-Go.» Er hält bestimmt eine große Fünf in die Kamera.

Dann ist Melissa an der Reihe. Sie holt ihr Handy hervor und blickt in ihre Notizen. «Ich habe ziemlich viele Kritikpunkte, damit ich keinen vergesse, hab ich mir alles aufgeschrieben.» Dann referiert sie minutenlang detailreich über alle Fehltritte des Abends, angefangen beim Amazon-Basic-Geschirr über die lange Wartezeit bis zur Vorspeise und die nicht durchsichtigen Strohhalme, das durchgesessene Sitzkissen auf dem Esszimmerstuhl, den Rotweinfleck auf der Stoffserviette, das aggressive Deckenlicht über dem Tisch («Wie im OP-Saal!»), den Mangel an Zero-Getränken, die matschige Konsistenz der 16-Stunden-Kartoffeln und das fehlende Salzkaramell-S auf ihrem Dessert. «Alles in allem vergebe ich ganz lieb gemeinte drei Punkte.»

Damit hat sich Matthias insgesamt nicht nur 24 Punkte erkocht, sondern überraschenderweise auch den Gleichstand mit Sabine und einen vorläufig geteilten ersten Platz. Glück im Unglück, dass Hagen am Montag die Hälfte der Zutaten bei seiner Hauptspeise aus Gründen der Aufregung vergessen und deshalb ein steinhartes und ungenießbares Pilzrisotto ohne Pilze serviert hatte. Dass danach sowohl Matthias als auch Melissa lange, schwarze Barthaare in ihrer Pannacotta gefunden haben, hat ihn noch mal ordentlich Punkte gekostet. Mit mickrigen sechzehn Punkten insgesamt hatte er damit die Latte für die Woche sehr niedrig angesetzt. Sabine hatte am Dienstag sämtliche Speisen überwürzt, es aber selbst gar nicht bemerkt. Melissa hatte sie daraufhin vorsichtig gefragt, ob sie starke Raucherin sei, und das wiederum hatte Sabine als militante Nichtraucherin überhaupt nicht lustig gefunden und beleidigt den Kalbsrücken alla Milanese ordentlich nachgesalzt.

23:10 UHR: Zur Verabschiedung tummelt sich die Gruppe im Flur vor der Haustür, alle ziehen ihre Jacken an. Allgemeine Erleichterung liegt in der Luft, endlich ist es geschafft. Hagen hilft Holm erst in seinen Mantel, dann klappt er freundlicherweise sein Liegerad zusammen und klemmt es sich unter den Arm. «Mensch, ich freu mich schon auf die Ausstrahlung in zwei Monaten. Das wird so lustig, sich das alles mit ein bisschen Abstand anzugucken», flötet er fröhlich. Dazu möchte sich ansonsten niemand äußern.

Matthias räuspert sich verlegen. «Gut, also, schön, dass ihr da wart. Wir sehen uns ja dann morgen bei Melissa.»

«Jedenfalls nicht bei Melisa», murmelt Melissa kaum hörbar.

Sabine hat immer noch die Augen geschlossen und tastet sich mit den Händen Richtung Haustür vor. «Sabine, bist du sicher, dass du nicht mal einen Arzt da draufgucken lassen willst?», fragt Matthias sie mit Nachdruck.

«Ach Quatsch. Das ist bestimmt nur meine Migräne, die sich ankündigt», winkt Sabine ab und öffnet die Tür.

Schnell sind alle draußen und verabschieden sich flüchtig von ihrem Gastgeber, während Hagen es sich nicht nehmen lässt, ihn trotz Liegerad unter dem Arm herzlich zu umarmen. «Danke für alles. Und sorry noch mal für den Durchfall.»

«Schon okay», murmelt Matthias und befreit sich aus Hagens Armen. «Kommt gut nach Hause!» Dann schließt er die Tür und macht sich daran, das Chaos in der Küche zu beseitigen. Als er den Tisch abräumt, fällt sein Blick auf den Wohnbereich. Schnibbel-Anja hat ihm seine Decke und sein Kissen auf die Couch gelegt. Sieht so aus, als würde er in nächster Zeit alleine schnibbeln.

Horoskop

Widder

♈

Liebe: Die Liebe Ihres Lebens wird Ihnen begegnen! Leider wird es keine schöne Begegnung sein.
Geld: Eine Gehaltserhöhung steht ins Haus. Wenn nicht bei Ihnen, dann bei jemand anderem. Auch auf eine Kündigung sollten Sie sich mental vorbereiten. Durchhalten!
Gesundheit: Da ist noch Luft nach oben. Greifen Sie ruhig auch mal zum groben Senf! Der schmirgelt den Dünndarm von innen glatt und stärkt den äußeren Meniskus. Aber Vorsicht! Zu viel Senf schadet dem Sakral-Chakra.

Stier

♉

Liebe: Love is in the air! Amor hat es auf Sie abgesehen und zielt mit seinem Pfeil direkt in Ihr Gesicht. Sie werden in nur zwei Wochen heiraten!

Geld: Sie werden zu sehr viel Geld (124 000 Euro) kommen. Wie, das ist Ihnen überlassen.
Gesundheit: Ein spitzer Gegenstand wird Sie ungünstig am Hinterkopf treffen. Aber bleiben Sie gelassen: Wann genau, ist noch unklar.

Zwillinge

Liebe: Das sieht gar nicht gut aus. Sie bleiben allein, und das ist auch besser so für alle anderen. Merkur ist momentan rückläufig, das heißt, der Planet ändert seinen Kurs und macht kehrt. Wahrscheinlich, weil er nichts mit Ihnen zu tun haben will.
Geld: Geld kommt und geht. Geben Sie sich endlich zufrieden, Herrgott.
Gesundheit: Checken Sie mal wieder Ihre Zahnzwischenräume. Sie könnten eine Überraschung für Sie bereithalten!

Krebs

Liebe: Ärger im Paradies: Ihr Partner betrügt Sie! Jetzt heißt es schnell sein. Wenn Sie ihn noch heute zweimal betrügen, behalten Sie die Oberhand. Viel Spaß!
Geld: Uranus beschert Ihnen Rückenwind im Job. Jetzt ist die perfekte Zeit, Ihrem Arbeitgeber eine große Menge Klopapier zu klauen.

Gesundheit: Ein tragischer Unfall setzt Ihrem Leben noch diese Woche ein Ende. Begreifen Sie das als Chance.

Löwe

♌

Liebe: Sie haben diese Woche Streit mit Ihrem Partner, weil Sie wiederholt mit blankem Arsch sein Motorrad gefahren sind. Wenn Sie die Kuh vom Eis holen wollen, hüllen Sie sich die nächsten Tage in Schweigen. Ein mystisches Verwirrspiel belebt die Beziehung.
Geld: Räuberei! Diebstahl! Verbrechen! Räumen Sie noch heute Ihre Konten leer! Wichtig ist aber, dass Sie sich nicht aus der Ruhe bringen lassen.
Gesundheit: Begeben Sie sich sofort in die Notaufnahme. Sie wissen wohl selbst am besten, warum.

Jungfrau

♍

Liebe: Für eine Jungfrau bumsen Sie ganz schön viel. Weiter so!
Geld: Die Sterne stehen ideal, um die letzten D-Mark-Vorräte aus Omas Matratze zu pulen. Bei C&A können Sie damit noch immer bezahlen!
Gesundheit: Sie werden diese Woche von einem hartnäckigen Vaginalpilz heimgesucht.

Nicht kratzen! Sollten Sie gar keine Vagina haben, klären Sie das besser ärztlich ab.

Waage

♎

Liebe: Love is everywhere! Nur halt nicht bei Ihnen. Üben Sie sich in Geduld, manchmal lässt das Glück auf sich warten. Manchmal hat es aber auch einfach Besseres zu tun.
Geld: Das sieht gut aus! Speichern Sie den Porsche-Händler schon mal auf Kurzwahl, bald knallen die Korken! Mars dreht sich im Sechsachteltakt um sich selbst und begünstigt Sie noch diesen Monat mit einem Treuhandfonds. Schade, dass Sie davon nichts mitbekommen, weil Sie nach einem Lawinenunfall im Koma liegen.
Gesundheit: Vielversprechend! Ihr Körper wird der Wissenschaft sehr dienlich sein.

Skorpion

♏

Liebe: Ihr Herzensmensch steht praktisch vor der Tür! Also wirklich, er steht vor der Tür, seit Wochen, immer nachts, mit einem Weitwinkelobjektiv. Ziehen Sie jetzt nicht Ihre emotionalen Rollos runter. Nehmen Sie die richtigen!
Geld: Sie ziehen das Geld an wie ein Magnet. Schade, dass Scheine nicht magnetisch sind. So bleibt es bei Ein-Cent-Stücken.

Gesundheit: Körperlich erleben Sie einen zweiten Frühling: Sie lösen in Ihrem Umfeld Allergien aus. Schnupfen, tränende Augen und Reizungen der Atemwege sind die Folge. Na, schönen Dank auch!

Schütze

♐

Liebe: Da kann man nur gratulieren! Ihr Schwarm genießt jede freie Minute mit Ihnen. Versauen Sie die romantische Atmosphäre jetzt nicht wieder mit Ihren Käsefüßen.
Geld: Der Rubel rollt! Muss jeder selber wissen, ob er mit russischem Geld noch zahlen will.
Gesundheit: Egal, was die Ärztin sagt: Hören Sie jetzt nicht mit dem Rauchen auf! Es lässt Sie verwegen wirken und betont Ihre Jawline.

Steinbock

♑

Liebe: Es herrscht Ebbe im Liebesleben. Das könnte an Ihnen liegen oder an der Klimakrise. In beiden Fällen gilt: Ziehen Sie mal wieder einen kurzen Rock an.
Geld: Kommt Zeit, kommt Rat. Geld kommt auf jeden Fall nicht.
Gesundheit: Ihre Augen sind in den nächsten Wochen trocken und gereizt. Trinken Sie täglich das Wasser aus Ihrer Blumenvase! Das hilft zwar nicht, sieht aber lustig aus.

Wassermann

Liebe: Gute Nachrichten von der quadrierten Venus: Ihr Schwarm steht auf Sie! Gehen Sie da nicht drauf ein, ein Satisfyer tut es auch.
Geld: Jetzt ist die Zeit, über eine Anlageimmobilie nachzudenken. Leisten können Sie sich die nicht, aber es ist doch auch mal schön, die Gedanken schweifen zu lassen.
Gesundheit: Sie bekommen in nächster Zeit öfter einen gewischt. Es könnte Ihnen auch ein Blitzeinschlag drohen. Fahren Sie mehr Auto.

Fische

Liebe: Sie können sich vor amourösen Angeboten nicht retten. Aber warum entscheiden? Ein altes gregorianisches Sprichwort sagt: «Für die Frohlockung der Liebe offen sein, tut selten weh, aber man fängt sich was ein.»
Geld: Sie kommen einfach nicht aus den Miesen. Helfen Sie Ihrem Glück auf die Sprünge! Provozieren Sie ein Erbe!
Gesundheit: Sie können aufatmen: Der Schatten auf Ihrer Lunge ist nur Krebs und kein Einkaufswagenchip.

Fragen der Leserschaft

IM ZUGE meiner Lesereise, die ich letzten Sommer mit meinem venezianischen Schicksalsroman «Gondel der Leidenschaft 2» unternommen habe, bat ich mein Publikum im Vorfeld der Veranstaltung in der Stadthalle Oer-Erkenschwick, mir anonym auf kleinen Zetteln Fragen zu stellen und diese in eine kleine Schatulle im Foyer zu werfen. Beantworten wollte ich diese Fragen nie, aber ich wollte die Leute beschäftigen, damit sie nicht mitbekommen, dass die Halle hochgradig asbestbefallen ist und das Publikum in den nächsten anderthalb Stunden nicht nur die tragische Geschichte des venezianischen Kaufmanns Benedetto di Casarotto erwartete, sondern auch mittelschwere Atembeschwerden. Heute ist mir die Schatulle zufällig vor die Füße gefallen, als ich im Westflügel meines Gutshofs einen alten Rokoko-Frisiertisch lasiert habe, um ihn danach auf Kleinanzeigen für den zehnfachen Kaufpreis zu verkaufen. Nun, dachte ich so bei mir, jetzt habe ich hier diese Fragen, die Menschen brauchen Rat, Halt und Weisung. Außerdem brauche ich noch mehrere Seiten für mein Buch, denn vertraglich sollten es schon über zweihundert Seiten lang sein, aber mir gehen die Geschichten aus. Ich möchte im Folgenden nun also von Herzen gerne die Fragen meiner Leserschaft aus Oer-Erkenschwick beantworten.

Was geschieht mit uns nach dem Tod?

Ich bin froh, hier Auskunft geben zu können. Nach dem Tod werden einige von uns – wer genau, das lässt sich schlecht abschätzen – als Gegenstand des täglichen Gebrauchs in den *Tchibo Themenwelten* wiedergeboren. Je nachdem, wie pünktlich Sie Ihre Steuer abgegeben haben, haben Sie hier noch mal einen großen Auftritt als Cityroller-Kaffeehalterung oder elektrische Hornhautfeile. Mich selbst betrifft das glücklicherweise nicht, denn ich plane, mich nur Sekunden vor Eintreten meines natürlichen Todes schockfrosten zu lassen. Ich werde also weder tot noch lebendig sein, sondern für immer mit Gefrierbrand zwischen den Zehen in einem eiskalten Schwebezustand verharren. Denn mit den *Tchibo Themenwelten* möchte ich wirklich nichts zu tun haben.

Was halten Sie vom Ehegattensplitting?

Das befürworte ich ausdrücklich, solange ich die Sauerei am Ende nicht selber wegmachen muss.

In welche Aktien sollte ich jetzt investieren?

Wer jetzt noch nicht investiert hat, kann es auch gleich lassen. Aktien sind nicht zukunftstauglich. Ich lege mein Geld schon seit Jahren in Kunststoff an. Das Plastikverbot ist mehr und mehr auf dem Vormarsch, Kunststoff wird schon bald als «mikrowellengeeignetes Gold» gehandelt werden. Mein Tipp: Decken Sie sich vor allem mit diesen kleinen Plastik-Tischdeckenbeschwerern in Obstoptik ein. Die werden im Falle eines Systemsturzes mit hoher Wahrscheinlichkeit als Währung dienen.

Warum sind gefriergetrocknete Erdbeeren so teuer?

Eine Frage, die auch ich mir mehrmals täglich stelle. Die Antwort hierauf ist komplex. Die gemeine Erdbeere besteht zu 110 Prozent aus Wasser. Wird sie gefriergetrocknet, bleiben also nur noch erbärmliche minus 90 Prozent Erdbeere übrig. Das ist natürlich eine rechnerische Vollkatastrophe. Um diese Minuswirtschaft zu kompensieren, müssen 90 Prozent der Erdbeere anschließend also wieder künstlich hergestellt werden. Was erst mal abwegig klingt, ist tatsächlich wahr: Die Erdbeeren werden aus Haselnüssen gewonnen. Pro Erdbeere werden über 200 handgeerntete Haselnüsse benötigt. Diese werden in gigantischen Mixern in einem Werk bei Stade in Niedersachsen staubfein zerkleinert, mit dem Abrieb von rubinroten Klinkersteinen eingefärbt und anschließend von jugendlichen Ferienjobbern in feuerfesten Formen zu Erdbeeren gepresst. Das alles kostet Zeit, Geld und ist ein enormer logistischer Aufwand. Im Anschluss werden die «Erdbeeren» mit Schwerlasttransportern nach Nordmazedonien gebracht, wo sie in speziell angelegten unterirdischen Trockenobst-Eisgrotten am Mavrovosee über einen Zeitraum von vierzehn Tagen langsam auf Minustemperatur gebracht werden. Zu guter Letzt folgen das Schneiden der Erdbeeren in Scheiben per Hand und der Weitertransport mit dem Regionalexpress (mit viermal Umsteigen) zurück nach Stade. Dort werden sie vakuumiert, verpackt und für den Einzelhandel versendet.

Gefriergetrocknete Erdbeeren sind ein Luxus, den man sich leisten können muss. Ich lehne da dankend ab und esse mein Obst weiterhin in dem Aggregatzustand, der mir am besten bekommt: gar nicht.

Detektivin

VOR KURZEM hatte ich meinen ersten Arbeitstag als Privatdetektivin. Ich bin immer gern Autorin gewesen, aber der enorme Druck, permanent kreativ abliefern zu müssen, macht einen irgendwann fertig. Außerdem trägt man beim Schreiben selten einen Trenchcoat, das stört mich schon seit Jahren. Ich habe es mehrfach probiert, aber irgendwann wird einem sehr heiß, und dann muss man entweder den Trenchcoat ausziehen oder das Fenster aufmachen, und immer wenn ich das Fenster aufgemacht habe, war mir zwar unter dem Trenchcoat nicht mehr heiß, aber dafür an den Händen kalt, und dann musste ich Handschuhe anziehen, worunter meine Groß- und Kleinschreibung litt.

Meine Lektorin hat mir dann eine wütende Mail geschrieben, von wegen ich würde ihr doppelt so viel Arbeit machen wie alle anderen Autor*innen, aber nicht mal halb so gut schreiben. Und dass sie mir ab sofort verbieten würde, im Trenchcoat zu schreiben. Daniel Kehlmann würde ja schließlich auch nicht im Trenchcoat schreiben, und bei dem würde jedes Buch ein Bestseller, darüber sollte ich mir doch bitte mal Gedanken machen. Das hat das Fass zum Überlaufen gebracht, und ich hängte die Schreiberei an den Nagel.

Ich brauchte also einen trenchcoatfreundlichen beruflichen Neuanfang. Etwas Konstantes, Solides, aber trotzdem noch moderat Aufregendes. Da ist mir die Detektei «Konstant, Solide & moderat Aufregend» im historischen Ortskern von Remagen sofort ins Auge gesprungen. Spontan, wie ich von Natur aus bin, ging ich direkt hin, blieb wie angewurzelt vorm Eingang stehen und spähte minutenlang durch die gläserne Tür. Drinnen konnte ich einen kleinen, hageren Mann an seinem Schreibtisch beobachten, der gerade über einem Stapel Dokumente brütete, was ich zum Anlass nahm, noch an Ort und Stelle das Unternehmen zu googeln und seinen Namen und seine E-Mail-Adresse herauszufinden. Ich schrieb ihm eine Mail, in der ich ihn fragte, ob ich mal vorbeikommen könne, um mich für einen Job vorzustellen. So bin ich eben: wild und impulsiv.

Zwei Tage später kam die Antwort von dem kleinen Herrn, der anscheinend Hans Hansen hieß.

Eindeutig ein Detektiv-Deckname, allerdings fragwürdig, warum er sich bei der Unendlichkeit an Möglichkeiten für einen Decknamen ausgerechnet für *Hans* entschieden hatte. Viel zu verdächtig. Man stellt sofort infrage, dass das sein echter Name ist, wundert sich dann, warum er einen Decknamen benutzt, und kommt im nächsten Schritt unweigerlich zum Ergebnis, dass er entweder ein Detektiv oder ein Autor von schlüpfrigen Liebesromanen sein muss, die auf den Kerry Highlands spielen. Wieso hat er sich keinen unauffälligeren Namen gegeben wie Klaus

Schneider? Hans Hansens Antwort auf meine E-Mail fiel jedenfalls so aus, wie man es von einem Detektiv erwarten würde: kurz und nebulös. «Kommen Sie morgen vorbei. Aber nehmen Sie bitte nicht die Vordertür, die wird gerade lasiert.» Interessant. Das musste eine Art Rätsel sein, eine Prüfung, ob ich für den Job als Detektivin überhaupt geeignet bin.

Den Rest des Tages verbrachte ich mit einer intensiven Google-Recherche über die alternativen Möglichkeiten, die es gibt, ein Gebäude zu betreten, abgesehen von der Eingangstür. Ich lernte die Grundlagen des Aufhebelns mit einem flachen Schraubenzieher und die des Öffnens eines gekippten Fensters mithilfe eines zu einer Schlaufe verknoteten Schnürsenkels und besorgte mir bei Obi Equipment, um bei meinem ersten Besuch in der Detektei Eindruck zu schinden. Nach mehreren Stunden unermüdlichen Schlaufenbindens kam mir plötzlich die Idee, dass es womöglich gar nicht wirklich darum ging, dass ich das Haus nicht durch die Tür betreten könne, vielleicht benutzte Hans Hansen eine Chiffre. Wahrscheinlich ist «Die Vordertür wird gerade lasiert» Detektivsprache, so ähnlich wie «Der Adler ist gelandet». Die Frage ist nur, wofür dann die Hintertür steht und wofür das Lasieren.

Schnell hatte ich herausgefunden, dass ein Anagramm von «Lasieren» zum Beispiel «Iran Esel» ist, allerdings auch «Real sein». Wollte Hans Hansen mir also durch die Blume mitteilen, dass ich einen iranischen Esel mit zum Vorstellungsgespräch mitbringen soll oder dass ich einfach nur ich selbst sein muss und damit die besten Chancen habe? Beides würde mir gefallen, aber für den

Esel bräuchte ich mehr Zeit. Ich kam bis tief in die Nacht hinein nicht zur Ruhe, sah mir auf YouTube mehrere Dokumentationen über Privatdetektive an, las acht Kapitel aus «Einführung in die Semantik» und übte die Rolle vorwärts. Letzteres würde ich vermutlich nicht bei meinem Vorstellungsgespräch vormachen müssen, aber es schadet ja nicht, ab und zu mal die Rolle vorwärts zu üben.

Am nächsten Tag war ich dann nicht nur todmüde, sondern hatte mir auch den Nacken gezerrt. Aber ich wollte den Job und hatte mir schon einen neuen Trenchcoat bestellt, also stand ich nervös, aber pünktlich vor der Detektei «Konstant, Solide & moderat Aufregend», bewaffnet mit einem flachen Schraubenzieher, Schnürsenkeln und einem ausgedruckten Foto von einem iranischen Esel. Ich versuchte, die Lage zu observieren, mir einen Überblick zu verschaffen, wie ich das Gebäude am besten betreten könnte, als mein Blick an einem handbeschriebenen Zettel an der Eingangstür haften blieb: «Bitte Eingang rechts an der Seite benutzen, Tür ist frisch lasiert!» Ach so.

Nach einem kurzen Moment der semantischen Analyse und einem prüfenden Blick auf den noch feucht glänzenden Türrahmen wurde mir klar, dass die Tür wirklich einfach nur lasiert worden war und es an der Seite rechts noch einen anderen Eingang gab. Hervorragend kombiniert! Und tatsächlich: Eine schmale, hölzerne Tür an der Seite des Gebäudes führte direkt ins Büro. Ich klopfte vorsichtig an, erst einmal, dann zweimal und etwas lauter, dann fragte ich mich, ob Detektive vielleicht ein universelles, geheimes Klopf-Erkennungszeichen nutzen, so was wie zweimal kurz und einmal lang, aber ich konnte den Gedanken nicht zu Ende führen, da hörte ich von drinnen schon ein barsches «Ist offen!». Also drückte ich die Klinke und betrat die Detektei.

Ich hatte es mir insgesamt etwas uriger vorgestellt, mit Bergen aus Dokumenten überall und kleinen Post-its und Fotos an den Wänden, die aus roten Wollfäden miteinander verknüpft waren, mit gleißenden Bürotischlampen und einem schweren Chesterfield-Sofa, auf dem man noch am späten Abend im Rauch der eigenen Zigarre mit einem Informanten des finnischen Geheimdienstes telefoniert. Stattdessen sah es hier so aus wie in dem Teil des Bürgeramts, in dem man sich alle zwei Jahre dafür anschnauzen lässt, dass irgendein Ausweisdokument schon seit über zwei Jahren abgelaufen ist. Grauer Industrieteppich, IKEA-Schreibtischstuhl, ein einziger, kleiner Aktenschrank, eine traurige Topfpflanze auf der Fensterbank. Keine Farbe, nirgends, an der Wand ein grauer Dreimonatskalender und eine zweckmäßige, ein bisschen zu laut tickende Uhr. Ob das vielleicht nur so ein Alibibüro ist, um zu verschleiern, worum es hier *wirklich* geht? Vielleicht gibt es hinten noch ein Hinterzimmer, wo dann die wirklich wichtigen Sachen passieren. Verhöre, Verhandlungen, Untergrund-Käfigkämpfe, so was. Hans Hansen blickte nicht mal von seinem Schreibtisch auf, als ich den Raum betrat. Sein weißes Haar trug er nach hinten gekämmt, unter dem dunkelblauen Pullover trug er ein hellblaues Hemd. Er sah im besten Sinne durchschnittlich aus, eine hervorragende Eigenschaft für einen Privatdetektiv.

«Haben Sie gut hergefunden?», fragte er.

«Das müssten Sie doch am besten wissen!», witzelte

ich und war ausgesprochen stolz auf meinen Detektivhumor.

Hans Hansen zeigte sich gänzlich unbeeindruckt. Eine harte Nuss. «Setzen Sie sich.»

Endlich sah er auf und zog sich seine schwarze Lesebrille, Typ Drogeriekasse, von der Nase. Er beäugte mich skeptisch, während ich mich setzte und mir alle Mühe gab, dass dabei nicht der Schraubenzieher oder das Foto vom iranischen Esel aus meiner Jackentasche fiel.

«Wie kommt es, dass Sie sich für dieses Berufsfeld interessieren?»

Er ging also direkt ans Eingemachte. Das gefiel mir. Er kann es sich nicht leisten, Zeit zu verlieren. Wahrscheinlich wartet irgendwo in Brüssel jetzt gerade der Boss eines Organhandelkartells auf seinen Rückruf.

«Ich konnte mich schon immer gut vor Menschen verstecken. Und ich sitze auch gerne mehrere Stunden im Auto und warte. Außerdem stehen mir Trenchcoats!»

Hans Hansen ließ sich nicht in die Karten blicken, was er von meiner Antwort hielt. Typisch Detektiv! Dann schwieg er lange.

«Ich könnte tatsächlich jemanden gebrauchen. Im Moment habe ich mehr Klienten, als die Woche Tage hat. Können Sie einen Videorekorder bedienen?»

Einen Moment lang überlegte ich angestrengt, was ein Videorekorder ist. Dann fiel es mir wieder ein: das große, klobige Teil, mit dem schnurrbärtige Väter einen in den Neunzigern beim Baden gefilmt haben.

«Auf jeden Fall!», antwortete ich so überzeugend, dass ich mir selbst fast geglaubt hätte.

«Gut. Wenn Sie wollen, können Sie mich morgen auf meinem Einsatz begleiten. Dann sehen Sie, ob das Ganze was für Sie ist.»

Aufregend!

Wir vereinbarten, dass Hans Hansen mich um fünf Uhr morgens zu Hause abholen würde, und ich versuchte, mir den Schock darüber nicht ansehen zu lassen. Als am nächsten Tag der Wecker um vier Uhr dreißig klingelte, griff ich noch mit geschlossenen Augen zu meinem Handy, um Hans Hansen die traurige, aber unvermeidbare Nachricht zu schreiben, dass ich leider doch keine Detektivin sein kann. Dass ich es wirklich unbedingt wollte, aber jetzt etwas anderes, zukunftsweisendes dazwischengekommen ist. Und zwar wurde ich vom Broadway angerufen, ich muss sofort nach New York, sie wollen mich für die Rolle des großen Kronleuchters im Musical *Moulin Rouge*. Wegen der Zeitverschiebung haben sie erst um vier Uhr dreißig angerufen, deswegen konnte ich leider nicht früher absagen.

Ich hatte schon begonnen, sowohl die Nachricht zu formulieren als auch gedanklich eine anrüchige Ballade aus der Sicht eines großen Kronleuchters einzustudieren, als mir klar wurde, dass Hans Hansen mir nie seine Handynummer gegeben hatte. Fluchend setzte ich mich auf und beugte mich meinem Schicksal. Hans Hansen stand pünktlich vor meinem Haus, kaum sichtbar, ohne Licht und geparkt im Sichtschutz eines Altglascontainers. Natürlich. Ich tat das einzig Vernünftige: Ich kletterte in der frühmorgendlichen Dunkelheit auf den Beifahrersitz des VW Caddy eines mir fast gänzlich unbekannten sechzigjährigen Mannes, der vorgibt, Hans Hansen zu heißen, mit hoher Wahrscheinlichkeit eine Waffe besitzt und einen Videorekorder im Handschuhfach mitführt. Daniel Kehlmann hätte das ganz sicher nicht gemacht.

«Morgen», grummelte Hans, und ich war erleichtert, dass er anscheinend genauso ungern um diese Uhrzeit wach war wie ich. Er bog auf die Straße und erklärte mir knapp, was heute anstand.

«Klassischer Fall. Mann hat sich zu 100 Prozent krankschreiben lassen, die Krankenkasse hat aber den Verdacht, dass er trotzdem woanders arbeitet.»

«Gut für ihn, dann kassiert er zweimal ab!», sagte ich. Das war nicht die Reaktion, die Hans Hansen sich von mir erhofft hatte.

«Das ist anzunehmen. Wir fahren jetzt zu ihm nach Hause, parken in Sichtweite und folgen ihm, wenn er das Haus verlässt.»

«Alles klar, Chef», antwortete ich souverän, und er seufzte nur.

Nach einer halben Stunde erreichten wir ein schmuckloses Mehrfamilienhaus am Stadtrand. Hans Hansen parkte am Bordstein, nah genug, dass wir das Haus ohne Hilfsmittel gut im Blick hatten, aber weit genug, dass wir keine Aufmerksamkeit erregen würden. Dann passierte erst mal gar nichts. Wir saßen stumm auf unseren Plätzen. Irgendwann gähnte ich laut, woraufhin Hans Hansen mich mahnend anschaute. Die Stille war gespenstisch, beim Mehrfamilienhaus tat sich nichts, und nach vielleicht fünf Minuten tat ich das, was jede gute Privatdetektivin bei ihrer ersten Observation tun würde: Ich schlief ein.

Das Nächste, woran ich mich erinnere, ist, dass ich vom Motorengebrumm geweckt wurde, als Hans Hansen das Auto in flinken Zügen wieder aus der Parklücke auf die Straße steuerte. Draußen war es inzwischen hell, und ich blickte geschockt auf die Uhr. Acht Uhr dreißig. Ich hatte über drei Stunden geschlafen. Verdammt.

«Damit ich keinen Verdacht errege, tue ich manchmal so, als würde ich schlafen», versuchte ich die Situation zu retten.

Hans Hansen ignorierte mich. Er war zu sehr damit beschäftigt, einem weißen Toyota Aygo zu folgen.

«Ist er das?», fragte ich.

«Kamera», knurrte Hans Hansen nur. Ich kramte den Videorekorder aus dem Handschuhfach und begann, das Auto vor uns zu filmen. Sofort beschlich mich ein unangenehmes Gefühl. Ich konnte es erst nicht deuten, aber nach dem zweiten Kreisverkehr, als ich tiefer in meinen Sitz sank, um von weiter unten zu filmen und so unentdeckt zu bleiben, wurde es mir schmerzhaft bewusst: Ich schämte mich. Es war ein ekliges Gefühl, jemanden heimlich zu filmen, es war aufregend, aber nicht auf die gute Art, eher so, wie es aufregend ist, einer schlafenden Mitschülerin auf Klassenfahrt Salami in den Kissenbezug zu stopfen. Wahrscheinlich war ich hierfür gänzlich ungeeignet. *Stell dich nicht so an, als Autorin hast du dich auch jeden Tag für deine Texte geschämt. Das Gefühl ist nicht neu für dich.* Meine innere Stimme hatte recht, mit Scham kannte ich mich aus, ich war daran gewöhnt. Aber warum fühlte es sich diesmal so anders, so besonders falsch an?

«Jetzt haben wir dich», flüsterte Hans Hansen in diesem Moment und bog hinter dem Toyota auf den Parkplatz eines Schlüsseldienstes ein. Dann riss er mir die Kamera aus den Händen, offensichtlich war das jetzt hier der wichtigste Part, den er mir noch offensichtlicher überhaupt nicht zutraute. Er filmte den Verdächtigen aus sicherem Abstand durch die Frontscheibe.

«Acht Uhr neunundvierzig», gab er dabei zu Protokoll. «Frank R. betritt das Ladenlokal des Schlüsseldienstes Bölter Sicherheitstechnik GmbH in der Grafenstraße 14. Er schließt den Laden auf, hat also einen eigenen Zugang. Observierung wird fortgesetzt.» Dann verstaute er die Kamera wieder im Handschuhfach, fuhr mit seinem Sitz nach hinten, um seine Beine ausstrecken zu können, und seufzte zufrieden. Ich schaute ihn erwartungsvoll an.

«Und jetzt?», fragte ich.

«Jetzt warten wir.»

«Worauf denn?»

«Dass er wieder rauskommt.»

«Aber wenn er da arbeitet, dann dauert das vielleicht noch Stunden!» Kombinieren ist meine Stärke.

«Korrekt.»

Das war mir überhaupt nicht recht. Ich würde sicher wieder einschlafen, ich bin eine Schläferin, das müsste ihm doch nach meinem Powernap am Morgen bewusst sein. Um einem erneuten Tiefschlaf auf dem Beifahrersitz vorzubeugen, schaltete ich kurzerhand WDR4 im Autoradio an.

Eine dreizehnminütige Live-Version von einem mittelmäßigen Dire-Straits-Song aus dem Jahr 1978 würde mir jetzt guttun. Aber Hans Hansen hatte andere Pläne, er schaltete das Radio sofort wieder aus.

«Keine Musik», sagte er knapp.

«Aber das wird ja unglaublich langweilig. Haben Sie wenigstens Spiele auf dem Handy oder so?»

«Keine Spiele.»

Ach du Scheiße. «Und was machen Sie die ganze Zeit im Auto?»

«Beobachten.»

«Aber es passiert doch gar nichts!»

«Nur, wenn ich nicht beobachte.»

Darüber musste ich erst nachdenken. «Aber jetzt gerade beobachten Sie, und trotzdem passiert nichts.»

«Falsch», korrigierte er mich. «In den letzten vierzig Sekunden habe ich acht Dinge beobachtet.»

«Acht?»

«Der Verdächtige hat eine Sporttasche auf dem Rücksitz seines Autos liegen lassen. Interessant, wo doch die wenigsten zu 100 Prozent krankgeschriebenen Menschen aktiv Sport machen können, finden Sie nicht?»

«Vielleicht gehört die nicht ihm!»

«Ledig, keine Kinder.»

«Vielleicht hat er die Tasche bei einem Preisausschreiben gewonnen und nutzt sie jetzt im Alltag für andere Sachen. Ich habe auch mal eine Sporttasche gewonnen, auf der Rückseite von der LÄTTA-Margarine war so ein Gewinnspiel.»

«Außerdem trägt er eine Daunenjacke von Ralph Lauren. Mindestens dreihundert Euro wert, eher fünfhundert. Von Krankengeld allein wohl kaum bezahlbar.»

«Vielleicht gefälscht. Ich habe auch eine gefälschte Prada-Tasche. Dafür muss man heutzutage nicht mal ins Ausland, das geht einfach über Instagram.»

«Er hat eine frische Bräune, außer um die Augen, da ist er blass. Er war im Urlaub und hat eine Sonnenbrille getragen.»

«Oder im Solarium»

«Für die Bräune müsste er regelmäßig ins Solarium. Auch nicht günstig.»

«Bei vielen Fitnessstudios aber inklusive.»

«Was nur bestätigen würde, dass er immer noch Sport macht.»

«Verdammt.»

«Wir haben ihn an den Eiern.»

Ich wollte den armen Mann aber gar nicht an den Eiern haben. Ich wollte ihn in Ruhe die Krankenkasse bescheißen und ein Solarium-Abo abschließen lassen. Das ist ja wohl das Mindeste. Das kapitalistische System verlangt uns genug ab. Das hier war nicht richtig, denn der Frank R. war schließlich kein Schwerverbrecher. Welcher Schwerverbrecher fährt einen Toyota Aygo? Entschlossen öffnete ich die Autotür.

«Was machen Sie da?», fauchte Hans Hansen.

«Ich kläre den Fall!», antwortete ich bestimmt und stiefelte schnurstracks Richtung Schlüsseldienst.

«Kommen Sie sofort zurück!», hörte ich Hansen noch rufen, aber das war mir egal. Die Tür aktivierte ein kleines Glöckchen, als ich in den Laden trat, und Frank R. blickte vom Tresen zu mir auf.

«Guten Tag», nickte er mir freundlich zu.

«Hallo!»

«Wie kann ich Ihnen helfen?»

«Ach, gar nicht, ich schau mich nur mal um.» Bei einem Schlüsseldienst. Natürlich. Frank R. schien über meine Antwort genauso verwirrt wie ich, denn in diesem gefühlt zwei Quadratmeter großen Laden gab es rein gar nichts zum Anschauen, es gab nur ein einziges großes Brett mit einer Vielfalt an Musterschlüsseln an der Wand, und das hing hinter dem Tresen. Ich blieb souverän und ging umständlich in die Knie, um das Holz des Tresens in Augenschein zu nehmen. Frank R. beugte sich daraufhin vor, um nachzuschauen, was genau ich da tat. Ich nickte anerkennend.

«Tolles Holz. Gute Verarbeitung.»

Frank R. sah mich an, als rechnete er jeden Moment damit, dass ich eine Glock aus meiner Jackentasche ziehen und ihn auffordern würde, mir das Bargeld aus seiner Kasse in eine Plastiktüte zu stopfen.

«Ich will Sie nicht überfallen oder so», beruhigte ich ihn.

«Das beruhigt mich nicht», antwortete Frank.

«Oh. Na ja. Ach, egal. Ich will ehrlich zu Ihnen sein. Ich wüsste gern, ob Sie hier arbeiten.»

«Na ja, Flamenco tanze ich hier nicht.» Ich nickte, das leuchtete ein.

«Gut, mehr muss ich gar nicht wissen. Dann schönen Tag noch.»

Damit verließ ich das Geschäft Richtung Parkplatz, auf dem Weg zurück zum Auto zeigte ich Hans Hansen begeistert den einen Daumen nach oben. Zurück im Auto, hielt sich dessen Begeisterung allerdings in Grenzen.

«Was haben Sie sich nur dabei gedacht?», polterte er los und bretterte sofort vom Parkplatz, während ich noch dabei war, mich anzuschnallen.

«Der Fall ist gelöst, Chef. Frank R. arbeitet beim Schlüsseldienst. Das hat er selbst zugegeben.» Ja, ich war stolz, dass ich schon an meinem ersten Arbeitstag als Privatdetektivin auf eigene Faust einen Fall gelöst hatte. Und es wäre schön gewesen, wenn auch Hans Hansen das goutiert hätte. «Das war's jetzt. Den Fall muss ich absagen.»

«Ja, weil er gelöst ist.» Ich grinste.

«Nein, weil der Verdächtige jetzt weiß, dass er observiert wird. Damit habe ich den Auftrag verloren. Wenn Sie mir die Aufnahme von seinem Geständnis schicken, kann ich vielleicht noch versuchen, was zu retten, aber die Chance ist gering.»

«Ich hätte das aufnehmen müssen?»

Ich bin jetzt wieder Autorin. Meine Lektorin ist mir netterweise entgegengekommen und hat mir erlaubt, einmal pro Woche im Trenchcoat zu schreiben. Dieser eine Tag in der Woche erinnert mich jetzt immer an meine kurze, aber intensive Zeit als Privatdetektivin. Ich sitze dann gedanklich wieder im VW Caddy von Hans Hansen und filme einen Verdächtigen mit einem viel zu großen Videorekorder. Auch die Scham durchlebe ich dann wieder, aber ehrlich gesagt tut es gut, sich mal für etwas anderes zu schämen als für die eigenen Texte.

Gestern erreichte mich ein Schreiben von Hans Hansens Anwalt, da er durch mich den Auftrag Frank R. verloren hat, soll ich ihm den Ausfall von 1500 Euro aus eigener Tasche erstatten, ansonsten droht er mit einer

Strafanzeige. Ob das rechtens ist, weiß ich nicht. Aber ich werde es herausfinden, denn ich habe nächste Woche meinen Probetag in der Staatsanwaltschaft.